Illustration©Sousi Araragi

Tiara Label

ティアラ文庫

夜の神話

麻木未穂

presented by Miho Asagi

プランタン出版

イラスト／蘭蒼史

目次

※本作品の内容はすべてフィクションです。

第一章　冥府の花嫁

レアは走っていた足を止め、背後をふり返ってだれも追ってこないことをたしかめ、大きな深呼吸をした。

吐く息は白く、鋭い寒さが鼻の奥にまで突き刺さる。

指先は冷たく、手のひらを口もとに近づけて温かい息を吹きかけ、長いマントルを胸元でかき合わせた。

大気には春の訪れが感じられたが、太陽が沈むと冬の名残《なごり》が押しよせ、まだ季節が移り変わっていないことを知らしめる。

もうすでに夜が深く浸透していた。

あたりは暗い森のなかだ。どこかでフクロウが鳴き、冬毛に包まれた狐《きつね》が目の前をすりぬけた。

常緑の樫《かし》、葉を落とした白樺《しらかば》やトネリコ、高く幹を伸ばしたニワトコが生え連なり、足もとではイラクサが茂みを作っている。

にぶい月光が暗闇になるのをかろうじて防いでいたが、顔をあげると折り重なった葉が空を切り取り、不可思議な模様を作っていた。

無数に散らばった星々のきらめきは、レアをなぐさめているようだ。

とんでもないことをしてしまったと思うが、もう引き返せない。

よりにもよって婚礼の日に！

レアはこの日のために仕立てられた豪奢《ごうしゃ》な衣に目を移した。

くるぶしまである長いブリオーは光沢のある薄紅《うすべに》色の絹《きぬ》で作られ、裳《も》の部分には優雅なひだが入っている。

長袖の上腕に飾り紐《ひも》をつけて肩の部分をつぼみのようにふくらませ、その下は腕にぴったりと張りつき、袖口は大きく広がって地面までたれていた。

ブリオーの上に、袖のない腰までの長さの赤いコルサージュを着て、体の曲線を強調した太い帯を巻いている。

コルサージュの胸元にはあざやかな刺繍《ししゅう》が施され、太い腰帯の下には地に届くほど長い紐を交差させて結んでいた。

頭から肩には透かし模様の入った白い布をかぶり、額には宝冠に似た飾り紐がつけられ、寒さを防ぐマントルは外が緋色《ひいろ》、裏地があざやかな紫色だった。

これほどまで豪華な衣装を着ているのは、レアの結婚する相手がこのあたりの土地を統《す》べる領主さまだからだ。

ただの田舎領主ではない。

辺境伯《へんきょうはく》の称号をもち、大帝国の北東部を占める広大な領地を治め、皇帝陛下の手で直接騎士に叙《じょ》せられている。

そんなお偉い方が、なぜただの領民にすぎないレアを妻としてめとりたいと言ってきたのか、レアにはさっぱりわからなかった。

伯母が言うには、落馬した領主さまがレアに助けられ、そのときレアを見初められたという。

領主さまは城内の人々の反対を押し切って、レアを妻に選んだのだと伯母は言った。

城に住む人々は、もっといい縁談があると言って領主さまを説得しようとしたが、特段争いもなく、財産もあり、穏健《おんけん》に領地を治めている領主さまにとって、政治のために結婚しなければならない相手はおらず、すでに両親を失った領主さまの気持ちを変えることはできなかった。

だが、領主さまに一目で気に入られるほど自分は美しいだろうか、とレアは改めて考えた。

亜麻《あま》色のやわらかい髪は大きく泡立ちながら背中をおおい、両耳にかかる一房を三つ編みにして胸元にたらしている。

太陽の破片を宿したようなきらめきは領民のだれもがほめてくれたが、レアの自慢できるものと言えばそれだけだ。

顔立ちはどちらかと言えばおとなしい方で、細い眉は優しく目の上をおおい、反り返ったまつげは長く、琥珀《こはく》色の瞳の奥には星々の光と決して癒《い》えない悲しみが宿っていた。

鼻梁《びりょう》も口も小さく、胸は豊かとは言えないまでもきれいな曲線を形作り、背は決して高くはなく、腕も肩も細かった。

今年で十六歳。

結婚にはもう遅い年齢だ。

領地の男が望むのは、たくさん子を産めそうな腰つきの女で、レアは少しばかり華奢《きゃしゃ》すぎる。

決して美しくないわけではないが、だれかのこころを一瞬で奪うには物足りないし、領主さまの求めそうなものを自分がもっているとは思えなかった。

それでも、落馬して三日後、領主さまはレアの親代わりである伯父夫婦をみずからの城に呼び出し、レアとの結婚の承諾《しょうだく》を求めた。

伯父夫婦は飛び上がって驚いたあと泣いて喜び、一月後には結婚の運びとなった。

「おまえの優しい心根に打たれたのだと領主さまはおっしゃっていたよ。人助けはするものだな」

と伯父は満足げに言った。

けれど、レアは領主さまを助けたときのことをまったくおぼえてはいなかった。

落馬しただれかを助けたような記憶はある。

だが、それはとてもあいまいなもので、狩猟園《しゅりょうえん》で落馬する者は多く、自分が助けた男のうちどれが領主さまなのかまるで判断がつかなかった。

レアは何度か息を吸っては吐き、高鳴る鼓動《こどう》を落ち着けた。

自分のしでかしたことの罪深さがいまさらながら恐ろしくなってきた。

婚礼の日に逃げ出すなんて。

しかも領主さまとの婚礼なのに。

これから領主さまのお城に行列を作って向かうというときに、用を足したいと言って人目をさけ、そのすきに逃げてきた。

いまごろみんなでレアを探しているだろう。

どうしてこんなことをしてしまったのか自分でもわからない。逃げたところで行き場などないのに。

結婚は父親が決めるもので、レアが口出しすることは決して許されなかった。父親のいないレアには、伯父の決めた相手がレアの夫となる。

レアの目に苦い涙が盛り上がった。

領主さまのことが嫌いなわけではない。あえて言うなら、好きでもないし、嫌いでもない。

第一、領主さまのことなどほとんどなにも知らなかった。

皇帝陛下に信頼されていること。お父上のあとをつぎ、領地を立派に治めていること。収穫祭のときに城から出て領民たちと一緒に飲み明かす姿を見かけたことはあるが、はっきりとおぼえてはいなかった。

いやがることなどなにもない、とレアは自分に言い聞かせた。

領主さまがどんな方かわからないが、女にとって結婚とはそういうものだ。父の決めた相手に嫁ぎ、子どもを生むこと。

それ以上のものはない。

領地の女たちはレアが領主さまに見初められたと知ったとき、みなレアをうらやみ、自分が落馬した領主さまを救っていたら、レアではなく自分が領主さまの妻になっていただろうと口々に言った。なかには、レアがその場で領主さまと恥知らずな行為におよんだという者もいた。

それが原因かもしれない。

「クラウス……」

レアは夜の闇と寒さのひしめく森のなかでうずくまり、懐かしい名を呼んだ。

クラウスはレアのいとこで、幼いころからのいいなずけだった。

大人になったらクラウスと結婚すると信じて疑わなかった。

領主さまから結婚の申し出があった日、伯父からすべてを聞いたクラウスは、レアのもとへやってきてレアをなじった。

「おまえは色仕掛けで領主さまの気を惹《ひ》いたんだな。おまえがそんな女だとは思わなかったよ。裏切り者！」

クラウスはそう吐き捨て、レアをにらんだ。レアは一瞬言葉を失ったのち、

「あなただって……、クラウスだって……、あの女の人と……、ベルタって人と……」

と震える声で言った。

「ベルタがどうした」

「このあいだ……、あなたがベルタと一緒にいるのを見たわ……。その前も……。あなた……、あの人と……」

「自分のことをさしおいて、おまえはそんないやらしいうわさ話に興じているのか。自分がだれとでも寝る女だからって、おれまでそんなことをすると思ったら大間違いだっ」

クラウスは大声で言い放ち、レアの前から歩み去った。

レアはクラウスのあとを追おうとしたが、クラウスに、

「来るな！　おまえの顔など二度と見たくないっ」

と言われ、その場に泣き崩れた。

あのときのことを思い出すと、いまでも涙がこみ上げる。怒りに紅潮したクラウスの顔。憎々しげにレアをにらみつけた瞳。

自尊心を傷つけられた男の顔があんなにも醜《みにく》いものだとは知らなかった。

クラウスはベルタとはなんでもないと言ったが、それは嘘《うそ》だ。ずっと以前、レアがしぼったばかりの山羊の乳をチーズ小屋に持っていったとき、小屋の隅《すみ》でベルタとクラウスが抱き合っているのを見た。

その次は藁《わら》小屋だった。収穫祭のあともふたりはこっそり抜け出していた。

クラウスがベルタと一緒にいるのを見たとき衝撃は受けたが、不思議と気持ちは凪《な》いでいた。

そして、気づいた。自分がクラウスを愛していないことに。

いいなずけと定められてからずっとクラウスが好きだと思っていたが、それは勘違いで、本当は好きでも愛してもいなかった。

レアはコルサージュのなかに隠した首飾りを取り出し、手のなかで握りしめた。

首飾りの先には黒っぽい石がついている。

流れ星だ。

少なくとも、レアはこの石が流れ星だと信じていた。

幼いころに自分がつかまえた流れ星。その星を首飾りにしていつも肌身離さずもっていた。

石をつかむと、こわばった緊張がほぐれ、力が満ちていくようだった。

レアが好きなのは……、――夜だ。

クラウスと夜を比べるなんてばかげている。

だが、レアは夜が好きだった。

領民たちはみな夜を恐れ、太陽がおりるとすぐさま自分の家に戻ったが、レアはいつも窓を開けて夜の闇を見つめていた。

夜は優しく、温かい。

今日のような寒い日でも夜は温かくレアを包んでくれる。それは恋人の甘美な抱擁《ほうよう》のようで、目をつぶるとかぐわしい香りがレアをくすぐり、心地よい安堵《あんど》に満たされた。

どうしてみんなは優しい闇を恐がるのだろう。太陽の温かさより、夜のやわらかさの方がずっと好きだ。

父母が流行病で死んだ六歳のときも、夜はレアを見守っていた。

寂しさのあまり泣きじゃくるレアを闇がなぐさめてくれた気がする。

だれかの手が優しくレアの頬をなぞった記憶が残っていたが、過去を思い出そうとすると、すべては夜の狭間にとけて消えた。


狼の遠吠えが聞こえ、レアは体をこわばらせた。

夜は好きだが、狼は恐い。

レアはゆっくりと立ち上がり、闇のなかに歩を進めた。

靴《くつ》の下で秋に落ちた葉が音を立て、冷たい風がなびいて森の香りを変える。

月明かりの届かない足もとは真っ暗で、レアはときどき茨《いばら》やくぼみにつまずきながら、たいまつの明かりを受けて遠くに浮かび上がる城から少しでも離れようとした。

後先考えず飛び出してきたが、行くところはどこにもないのだと思い、自分のばかさ加減が身にしみた。

伯父は怒り狂っているだろう。伯母は泣いているだろうか。

両親が死んでからレアを育ててくれた二人にはほかに子どもが五人いて、レアを自分の子どもと同様に扱うことはなかった。

それでも伯父夫婦には感謝しているし、育ててくれた恩義には報いたいと思う。

結婚が決まってから領主さまがレアに顔を見せたことは一度もなかったが、結婚式ではじめて花嫁が花婿と会うのはめずらしいことではなく、相手が領主さまとなればなおさらだ。

領主さまは結婚相手としては申し分ない。自分は伯父によって決められた相手の妻となり、子を産むだけ。

そのことはわかっているし、自分でも納得していたつもりだった。

では、なにがこんなにもいやなのか。

どうして逃げ出したりしたのか。

これから自分はどうなるのか。

城での生活はきっとたえがたいものだろう。針仕事や刺繍は得意だったが、ラテン語は知らないし、詩も詠めない。

どちらも、良家の子女には大切な教養だ。

結婚したあと、領主さまの伴侶《はんりょ》として大領地を治めることを考えると、気が遠くなってくる。

城をうまく切り盛りできないレアを見れば、領主さまもレアに対する興味を失うにちがいない。

自分が恐れているのは、領主さまの愛がなくなって広い城のなかでひとりきりになったときのこと。そのとき、自分はどうなるのか——。

ふと、レアは自分のなかに浮かんだ真実に気づいて愕然《がくぜん》とした。

自分は結婚そのものをいやがってるわけでは決してない。レアが恐れているのは、領主さまの愛がなくなることだ。

だが、そんなことは……。

頭が混乱してなにもわからなくなったとき、金色に光る小さな鳥がレアの前にやってきた。

見たこともない小鳥だった。

少なくともこの領地でははじめて見る種類だ。

領主さまのお城から逃げ出してきたのだろうか……。

小鳥はまばゆいきらめきを放ちながらレアの肩にとまったかと思うと、美しい声でさえずり森の奥へ羽ばたいた。

レアが思わず小鳥を追ってつま先を踏み出した、直後。

レアの足もとが崩れた。

真っ暗闇でなにもわからなかったが、レアのすぐそばは切り立った断崖だった。

気づいたときには遅かった。

闇に落ちる間際、だれかの声が聞こえた。

メメント・モリ。――死を忘れるな。

そう言ったのは、だれだったろう?

暗黒がレアを包み込み、レアは死へといざなわれた。

＊＊＊

「メメント・モリ、――死を忘れるな、か……」

言って、だれかがレアの髪をやさしくなぞり、レアはゆっくりまぶたを開いた。

朱色の灯火が薄闇をはじき、レアはまぶしさに目をすがめた。

何度か瞬《またた》きをすると、霊獣《れいじゅう》の絵が描かれた天蓋《てんがい》が見えた。

羽毛のつまった寝具が敷かれたやわらかな寝台の上だ。

「やっと目がさめたな。わが妻よ」

男が言い、レアは慌てて起きあがった。

寝台のすぐそばに男が腰をおろしている。

レアが見たこともないほど美しい男だった。

狭い額に紅玉のついた金の宝冠をつけ、濃い眉は太くなりすぎない程度に顔立ちを整え、
引き込まれそうな漆黒《しっこく》の瞳には輝きが満ちている。

大きめの鼻は高く、冷酷さを感じさせる薄い唇は引き締まっていて、頬からあごにいたる輪郭《りんかく》は可能なかぎり精緻《せいち》に削り取られていた。

ゆるやかに波打つ長い髪は、黒ではない。

夜の色だ。

月光に照らされた深い藍《あい》。本当に月が宿っているようにまばゆく光り輝いていた。

長身で肩幅が広く、衣の上からでも男として完璧な肉体を誇っていることがわかる。

男の指がレアの頬を軽くなぞった。その指はレアがこれまで見たこともないほど繊細で、爪にいたるまで理想的な形だった。

男はくるぶしまである緋色のブリオーを着ていた。さらに、紅玉髄《べにぎょくずい》で象眼《ぞうがん》された腰帯をしめて帯の端を長く地にたらし、その上にマントルとも言えない群青《ぐんじょう》色の長衣を羽織っている。

長衣の袖口はレアのブリオーと同じく袖口が広くとられ、金糸で刺繍が施されていた。

男はレアを見つめ、唇をゆがめた。

背筋に寒気が走るほど、美しい笑みだった。

年齢は二十代の半ばか、それより少し年上のように見えるが、男のなかにはレアの計り知れない長い時が刻まれている。

領地の民ではない。これだけ豪奢な衣を見るのははじめてだ。

「あなた……、だれ……。ここ、どこ……。それに妻って……、妻ってなに……」

男はもう一度レアの頬にふれようとしたが、レアはびくりと体をこわばらせて抵抗を示し、ゆっくりあたりを見回した。

広い部屋のあちこちに黄金の燭台《しょくだい》が立てられている。部屋には窓があるのかどうかもわからず、扉と反対の壁には黒い垂れ幕がおろされていて、燭台がなければ真っ暗だ。

いくつもの燭台の炎は神秘的に室内を照らし出し、朱色の陰影を揺らめかせた。

左側の壁には、若い女の肖像画がかけられている。額に金の宝冠をつけた途方もなく美しい女。――よく見ると、それはレアの顔だった。

少なくとも造形はレアと変わらない。眉の形も、目も、鼻も、口も。泡立つような亜麻色の髪も。

だが、レアとは明らかに違う。

自分はあそこまで美しくない、とレアは思った。肖像画と自分の間にどのような違いがあるのかわからなかったが、女はレアよりはるかに美しかった。

右側の壁には見覚えのあるタペストリがかかっている。にぶい月光と深い森。そして、遠くにそびえる荘重な石の城。

さっきまでレアがいた森だ。

織物の横には、レアの着ていたマントルと頭にかぶっていた薄布がかかっていた。

壁の四方にはねじれた柱が立てられ、礎《いしずえ》にはイチジクの浮き彫りが施されている。

寝台の天蓋や天蓋を支える柱、寝台のへりにはさまざまな彫刻がなされ、透かし模様の入った帳には金糸や銀糸が織り込まれていた。

どこかに暖炉の火でもあるのか室内は暖かく、通常ならば藺草《いぐさ》やハーブを敷きつめる床は蓮を描いた絹の織物でおおわれ、寝台の近くには虎の毛皮が敷かれている。

領主さまの部屋でもこれほど華美ではないだろう。

レアは自分になにが起こったのかわからず、寝台に腰をおろしたままおびえた目でそばの男を見返した。

「ここはどこ……。あなたは……だれ……？」

男が体の奥底に染みわたるような低い声で言った。

「わが名はゼフィル、冥府《めいふ》の王にして夜のあるじ、闇の支配者。——ここは冥府だ。そして、おまえはわが妻、シルヴァの生まれ変わり」

「……、……冥府？」

レアは男の言葉の意味がわからず、しばし深遠さをたたえた瞳を見ていたが、自分を凝視する熱さにたえきれなくなって視線をそらした。

「冥府って……、……わたし……死んだの？」

「ああ」

巨大な石が胸に落ちてきたような衝撃を感じ、息が苦しくなってきた。なにもかもこの男の冗談なのだと思うことができればよかったが、レアのなかにわき起こった直感は自分が死んだのだということを示していた。

「死者は七日のあいだ、魂《たましい》のままわが冥府で過ごすことになっている。そのあとで永遠の休息を得ることになる」

「わたし……、いま魂なの？」

「おまえにはわが祈りを捧げた。だから、その姿でいられるのだ」

「祈り……」

「だが、いつまでもその姿でいることはできん。七日だ。七日経てば、魂は永遠の安息を得て無のなかに引き込まれる。それまでにわたしの血を飲めば、冥府の女王として永遠にここで生きていられるだろう」

レアはこころのなかで男の言葉を復唱した。

男は夜の香りをまとっていた。さっき男が言ったとおりだ。夜のあるじ、闇の支配者――。

だが、冥府の王と思うと、恐ろしい気持ちがわき上がる。

地獄とはどう違うのだろう。自分は神さまにそむいてしまったのだろうか。

領主さまとの結婚から逃げ出すことによって……。

「ここは……、地獄……？　わたし、神さまの罰を受けるの？」

「地獄ではない。冥府だと言ったろう。七日の間、死者の魂が過ごす場所だ。ここは死者を罰する場ではないさ」

「あなたは……、地獄の王……」

「冥府の王だ」

「……、……違いがわからないわ……」

「わかる必要などない。おまえはいまここでわたしとともにいる。それで充分だ。わが妻よ」

　ゼフィルがレアの髪に指を絡ませ、唇を近づけた。

　レアは思わず上体をのけぞらせた。

「な……、なにするの」

「妻と夫がすることなど決まっていよう」

「わたし……、あなたの妻じゃない。人違いよ」

　男が今度は優しくレアの肩を抱きしめ、レアの視線を壁にかかった肖像画にうながした。

「見るがいい。あそこにいる女がわが妻、シルヴァだ。おまえにそっくりだろう？」

「……。……わたしは……、……あんなに美しくない……」

「おまえは美しいよ。シルヴァは自分が美しいと知っていた。だが、おまえは知らない。

それだけの違いだ」

「そんなことで……こんなに違わないわ……」

「卑屈《ひくつ》な女だな。わたしは卑屈なやつが大嫌いだ。顔が悪いとか、胸が小さいとか言う前に、まずその性格をあらためろ」

「……そんなことは言ってませんっ……。……わたしがあなたの妻の……、シルヴァ……さんとどんな関係があるの……。わたしには生き別れの姉も妹もいないし……」

「おまえはシルヴァの生まれ変わりなのだよ。おまえはわが妻シルヴァそのものだ。わたしの愛をおぼえているだろう?」

ゼフィルが指先でレアの喉をなで上げると、レアは甘美な摩擦《まさつ》を感じてわななかいた。

レアは自分の体が示した反応が自分でも信じられず、唇をきゅっと引き締めてゼフィルを正面から見すえた。

「わたしは……、なにもおぼえてないわ……。シルヴァなんて知らない。あなたのことも……。人違いよ」

「わたしがシルヴァとほかの女を間違えるものか。シルヴァが死んでおまえになったのだから、おまえがシルヴァを知らないのは当然だ。それに生まれ変われば、以前の記憶は消えてしまう。わたしのことは……すぐに思い出すさ」

ゼフィルがレアの肩にかけていた手に力を込めてレアを引きよせ、唇を奪おうとした。

レアは自分とゼフィルの間に腕を入れ、ゼフィルの口づけを拒絶した。

「いやよ。やめて……。わたしはあなたの妻じゃない。あなたのことはおぼえてないし……、シルヴァなんて知らない。わたしをもとに戻して」

「現世に帰りたいということか？　……冥府の王なんだからそれぐらいできるでしょう」

「どうって……、どうやって」

「わたしはここで死者を迎え入れるだけ。人を生き返らせるすべなどもってはおらぬ。おまえはここで暮らし、女王としてわたしとともに冥府を統《す》べるのだ。そうすれば、すぐにわたしの愛を思い出す。それに、おまえもわたしを愛していた。だれよりも深くな」

「わたしがあなたを愛してたですって……？」

「ああ、そうだ。おまえはこころの底からわたしを愛していたよ」

ゼフィルはいたずらっぽく暗い瞳を輝かせた。

「おまえはわたしがかまってやらないとすぐにすねて、いろんなものに当たり散らした。だが、わたしが口づけをして愛しているとささやくと、機嫌を直して抱いてくれとせがんだ。おまえはいつも自分からわたしを求めたよ。わたしはおまえの好きなことはすべてした。どんなことでもすべて」

「……やめて……。そんな話……」

「妬《や》いているのか。自分のことなのに。自分に嫉妬《しっと》するとは、おまえはやはりシルヴァだな」

シルヴァ。シルヴァ。シルヴァ。

なぜかその名を口に出されるたび、レアの鼓動が不用意に脈打った。

この男が愛しているのは、自分ではなくシルヴァという人だ。

レアはシルヴァにほんの少し似ているだけ。

それに、自分はあの肖像画に描かれているほど美しくはない。この男を魅了するほどには。

ゼフィルはシルヴァを失った痛みのあまり、なにも見えなくなっているのだろう。

きっとすぐにレアとシルヴァの違いに気づき、落胆するにちがいない。

なぜこんなことを考えるのだろうとレアは思い、手のひらを胸に当て衣の下にある流れ星をつかんだ。

そうすれば、自分のなかに生まれた奇妙な気持ちが治まるというように。

レアは乱れた呼吸を整え、頭に浮かんだ疑問をやっとのことで口にした。

「冥府の女王が……なぜ人に生まれ変わるの……」

「すべては愛のなせるわざだ。わたしの愛が、死したシルヴァを人へと生まれ変わらせた。それが愛のもつ力。愛しいわが妻」

「シルヴァが死んで、――わたしに生まれ変わったの？　シルヴァが死んだ日にわたしが生まれたの？」

「冥府と現世では、時間の流れが違うのだよ。現世でのできごとと冥府でのできごとを同じようには考えるな。だが、なにが違っていても、おまえがシルヴァであるという事実は変わらない」

ゼフィルの目がレアの瞳をとらえ、レアはそのなかにひそむ暗黒に気づいて身震いした。

本当ならゼフィルの手を払いのけてどこかへ逃げ出したかったが、どうしても強く反発することができない。

この男の夜を思わせる髪と闇を宿した双眸《そうぼう》のせいだ。

優しい夜と温かい闇。

それはレアがもっとも好きなものだった。領民はだれもが厭《いと》い恐れるが、夜のなかにたたずむと自分が守られている気がする。

夜色の髪と闇色の目。

どこかでこの男に会ったことがあるような――。

そこまで考え、慌てて首を振った。

そんなはずはない。自分はシルヴァではないのだから。

だが、領地のどこかでこの男と会ったような気がする。レアが領地にいたときに……、……。

――ばかばかしい。

レアはすぐに自分の考えを払いのけた。

この男は夜でもなければ、闇でもない。ましてや領地で会うなどありえない。

忌《い》まわしい冥府の王。

レアはゼフィルから逃れようとして体をこわばらせ、ゼフィルは面白そうな目でレアを見た。

「わが血を受けよ。わたしの血を飲み、ここでともに暮らすのだ」

「やめて……。あなたの血なんか飲まない……。わたしは……、あなたなんか愛してないし、わたしはシルヴァじゃない。……わたしには現世にいいなずけがいるのよ……。彼のもとに帰らなきゃ」

いいなずけというのが領主さまのことか、クラウスのことか自分でもわからなかったが、嘘をついたわけではない、とこころのなかで自分自身に言い訳した。

ゼフィルの眉が不快そうにけいれんし、燭台の炎が彼の苛《いら》立《だ》ちを反射したように揺らめいた。

「そのいいなずけとやらは、わたし以上におまえを愛しているのか」

レアはわずかに言いよどんだあと、苦しい言葉を絞り出した。

「もちろんよ……。それに……、……わたしも彼を愛してるわ……」

ゼフィルが鼻先で冷笑した。凍えるような笑みの向こうにわずかな苦痛がのぞき見えたように感じたが、レアの気のせいかもしれない。

「おまえが愛しているのは、このわたしだ。いいなずけとやらではない。シルヴァがわたしを愛したように。おまえはシルヴァなのだから」

「わたしはシルヴァじゃないし、あなたなんか愛してない！」

またシルヴァの名前を出され、レアは腹立ちを感じてゼフィルの手を払いのけた。

「なら、思い出させてやるさ。わが愛を」

ゼフィルがそう言った瞬間、大きく開いた左の袖口から黒い蔦《つた》のようなものが伸びてきてレアの手首を絡め取った。

レアは抵抗しようとしたが、黒い蔦は生き物のようにうごめいてレアの手首を頭上でしっかりと重ね合わせ、寝台のへりに巻きついた。

「いや……、いやよ、離して。いや……、いや！」

レアは寝台に仰向けに倒れ、両の手首を頭上で縛られて身動きできなくなった。

体をよじっていましめをほどこうとするが、蔦は手首と寝台のへりを強く結びつけている。

「痛くはないだろう？」

寒気がするほど優しい声でゼフィルが言った。またいくつもの炎が明滅する。

ゼフィルがレアのそばに腰をかけ、漆黒のまなざしでレアを見下ろした。

レアは闇色の目から視線をそらそうとしたが、どうしてもできず下唇をかみしめた。

恐怖と不安で涙がにじみ、声をあげて泣きたくなったが、なんとかこらえた。

「わたしを……、……どうするの……」

「そんなに恐がることはない。おまえが大好きなことをしてやるだけだ。おまえがいつもわたしにせがんできたことを」

「……なにを……」

「夫と妻がすることさ。わかるだろう?」

「やめて……。そんなこと……いや……!」

レアは真っ赤になって叫んだが、ゼフィルは気にしなかった。

ゼフィルの指がレアの頬を静かになで、あごの曲線を通って首に到達する。

指先がのど元をくすぐると妖しい感覚が舞いおり、レアの肌が粟立《あわだ》った。

こんなこと、いやだと思う。

いやだと思うのに、背筋がざわめき、体が悦《よろこ》びを訴えた。

ゼフィルの指が首筋から胴部をおおうコルサージュへと移動した。首から鎖骨へ。鎖骨から、ゆるい曲線を描く乳房へ。

指がコルサージュの上から乳首にふれると、レアは鋭い刺激をおぼえて息を喉につまらせた。

ほんの少しふれただけなのに、胸の先端が堅く隆起し、衣を押し上げるのがわかる。

ゼフィルは興奮した先端にすぐ気づき、執拗《しつよう》に攻めはじめた。

「やはりここが好きなようだな」

レアはたえがたい羞恥《しゅうち》のあまり顔を赤らめ、全身を震わせた。

それが快楽によるものか、恐怖によるものかわからない。

ゼフィルが親指と人差し指で両方の乳首をつまみ上げ、コルサージュの上からしごきはじめた。

コルサージュごしに与えられる摩擦はもどかしいほど甘く、指の腹をこすりつけられるとレアの背中がのけぞった。

「ん……、ふ……っ。痛い……！」

「痛いはずがないだろう。おまえはここが大好きなんだからな。だが、もっと好きなところはいっぱいある」

小さな乳首の横合いから先端へ。

愛撫《あいぶ》は念入りで、つぶれそうなほどきつくしぼられたかと思うと、指先で優しく先端を押し込まれる。

やがてゼフィルが、顔を近づけて衣ごしに乳房の尖《とが》りを軽く噛《か》み、反対の乳首を指でしごいた。

自由にもてあそばれて、乳首の感覚がなくなるのではないかと思われたが、どれだけさわられても噛まれても、乳首は常に鋭敏な反応をしめし、ゼフィルが歯に力を込め指で圧迫するたび、レアの背中が従順にはね返った。

レアは目尻に涙を浮かべ、赤子のように乳首から離れないゼフィルを見た。

「わたしは……、シルヴァじゃない……」

「かもしれないな」

思いもよらないゼフィルの言葉にレアは声をつまらせたが、すぐにゼフィルはレアの腰帯をはずし、その下に巻かれた細い紐をとって寝台の向こうに投げ捨てた。

さらに、レアの背中に手を入れ、背筋にそって交差するコルサージュの紐をほどいていく。

コルサージュの締め付けがなくなるにつれ、レアのなかに新たな恐怖がわき起こった。これから自分はどうなるのだろう。なにをされるのだろう。この男は、なにをするつもりなのだろう……。

不安がとめどなくあふれ出るが、なにをされるかは明らかだ。

「こんなこと……、したくない……。いや……、わたし……」

レアにとって、この行為は初夜のしとねでおこなう花嫁の義務だった。悦びがあると思ったことはないが、それでも縛られておこなうというのは論外だ。

涙がこぼれ、頬をつたった。

レアが眉を震わせると、ゼフィルはレアの気持ちを静めるように、レアの頬を優しくなでた。

「こんなの……、縛られるなんて……いやよ……」

「おとなしくしているというなら自由にしてやろう」

「……」

「なら、このままでいるがいい」

「そんな……！」

ゼフィルはコルサージュの紐をほどききったが、手が縛られていては脱がすことができない。

もうここまでだとわずかな安堵をおぼえたとき、ゼフィルが腰から短剣を引き抜き、鋭いやいばでコルサージュを引き裂いた。

「いやーっ！」

レアは恐怖のあまり大声で叫んだが、どこにも痛みはない。

「へたに動けば傷つくぞ」

ゼフィルはさらに背中についたブリオーの紐をはずして襟元と首の間にやいばを忍び込

ませ、ブリオーとその下に着ていた絹製のシェーンズを一気に引き裂いた。

レアはこころのなかで絶望の吐息をもらした。

刺繍の施されたコルサージュも、最上級の絹で作られたブリオーも、肌が透けて見えるほど薄いシェーンズも、レアにとってははじめて着る華やかな衣装で、婚礼のためむりやり仕立てられたものとはいえ、こんな風にやいばで引き裂かれるのはたえがたい。

だが、レアの悲嘆は次につづくゼフィルの行為によって恐慌へと移り変わった。

ゼフィルはブリオーとシェーンズを力任せにレアの体から引きはがした。

「いやぁ……っ！」

しなやかな裸体が赤い炎の下にさらされる。

レアはゼフィルの視線から逃れようと身をよじったが、手首を締め付ける蔦がレアをしっかりと拘束した。

手で隠すことも、寝具を引きよせることも、背を向けることもできない。

レアのしなやかな裸体や羞恥に赤くほてった肌、恐怖をにじませた瞳は、ゼフィルの嗜虐心をそそり、ゼフィルはレアのそばに腰をおろして、すみずみまでレアの体を眺め回した。

華奢な肩や細い腕、小振りだが形よくまとまった胸、その上で息づく赤い頂。

しっかりと閉ざされた真っ白な大腿は、曲げたひざを持ち上げているためゼフィルの視線からさえぎられていたが、やわらかさは隠しようもなく、ひざから下はまっすぐに伸びている。

きれいな曲線を描く腰部は十六歳という年齢にふさわしく、まだ充分に成熟しておらず、肌は濁りのない真珠のようだ。

ゼフィルはレアのすべてを見て、満足そうに目を細めた。

「美しい。どこも完璧だ」

「……そんなこと……」

「おまえは自分の美しさにまるで気づいていない。シルヴァは知っていたがな」

「……」

「なんだ、これは……」

ゼフィルが脇におりた首飾りを見て眉をひそめ、鎖の先端についた流れ星を手に取った。

「やめて！　それはだめっ」

レアは反射的に声をあげ、流れ星を取り返そうとした。そのとたん蔦が手首に食い込み、レアは痛みのあまり顔をしかめた。

「それはすごく……ものすごく大切なものなの……。お願い、それだけは取らないで……！」

レアが涙をにじませて懇願《こんがん》すると、ゼフィルは、

「よかろう」

言って、流れ星をレアの首のそばに置き、目尻に浮かぶ涙を舌先ですくい取った。なめらかな舌が目尻をなぞり、まつげをくすぐると、感じたことのないほのかな快楽がもたらされた。

ゼフィルの息がレアの頬にかかる。

なぜかレアは少しも不快に感じなかった。

それでも、これから起こることの恐怖にたえきれず、震える声で言った。

「……お願い……。こんなことしないで……。こんなの……いやよ……」

「おまえはいつもそう言って、わたしを焦らしたよ。そして、わたしが本当にやめると、怒ってわたしに燭台を投げつけた」

レアの顔に新たな血がのぼった。シルヴァと比べられたことで胸が締め付けられるように痛む。

どうしてこんな風に感じるのか。シルヴァの名前を出されると、苦しみが波のように押しよせる。

「わたしは……、そんなことしない……。そんな女じゃないわ……」

「淫乱《いんらん》な女なのだよ、おまえも、シルヴァも」

ゼフィルが、レアのすきをついたように指を内股に滑り込ませた。

レアは慌ててひざに力を込めたが、そのときには遅かった。ゼフィルの指が敏感な粘膜にふれ、レアは悦楽とも痛みともつかぬ感覚に身もだえした。

すぐにゼフィルが指を抜き、レアの前にさらした。

ゼフィルの指先には透明な蜜がついている。

「なんだ、これは？　もうこんなに濡れているぞ。まだ大したことはしていないのにな。これでも自分は淫乱ではないというつもりか」

レアは羞恥で顔を染め、奥歯を強くかみしめた。

ゼフィルが冷酷な笑いをもらし、左の乳首にレアの蜜をなすりつけ、下方から乳房をすくい上げた。

ゼフィルが強い力で乳房をつかみ、力を抜き、またつかむ。手のひらで乳首を押し込めるように乳房ごと回すと、レアは妖しい快楽を感じて身もだえした。

ゼフィルが両方の乳房をわしづかみにし、いやらしくこね回した。

乳房がゼフィルのなかで自在に形を変え、指の間から隆起した赤い乳首が顔を出した。

さらに、ゼフィルはレアの蜜で濡れた乳首を口に含んで吸い、反対の乳首を指でつまんでこすりあげた。

「んふぅ……」

尖ったつま先で乳首の先端を引っかき、乳房を中央に寄せ集めて五本の指で揉《も》み上げ、入念にこねていく。

乳房への愛撫は優しく甘美で、指が乳房にめり込み強くしぼると、レアの口から熱い吐息がこぼれた。

ゼフィルは乳首にはふれず乳房を持ち上げるようにして揉みしだき、中央に寄せ、ふくらみの周囲を舌でなぞった。

乳房がつぶれるかと思うほど強くつかまれたあと、ふいに優しくこね上げられる。

また強くつかまれ、力を抜いてゆるく揉まれた。

その緩急《かんきゅう》はレアにこらえがたい波をもたらし、レアはいつのまにか折りまげていたひざをゆっくりと伸ばしていた。

「胸が好きなようだな。おまえの好きなところはすぐにわかる」

乳房を何度も寄せてあげ、両方の乳房を軽く揺らして乳房全体に快楽を与えてから、徐々に動きを先端へ、乳首へと集中させる。

とうとう唇が直接、乳首にふれた。

「あ……」

上唇と下唇で乳首をつまんで引っぱり、舌で大きくなめあげ、唇で挟み、淡い刺激を与えていく。

乳首の周囲を尖らせた舌でなぞり、先端部をくすぐり、乳房を揉み込みながら乳首をつまんで円を描くように回し、またつまみ上げ、唇で強く吸い上げた。

乳房への愛撫も、乳首への摩擦も、すべてが甘美な悦楽をもたらし、レアは声をあげたくなるのを懸命《けんめい》にこらえた。

「おまえはいいなずけとやらにも同じことをさせていたのか？」

快楽におぼれそうになっていたレアは息を飲み込み、クラウスのことを思い出した。


——ちょうど一年前のことだ。

収穫祭の夜、チーズ小屋でクラウスに接吻《せっぷん》されそうになったことがある。

クラウスの影が自分の顔にかかったとたん、レアはすばやくクラウスの手から抜け出したが、クラウスはレアの肩を引きよせ、レアの乳房をつかみ上げた。

あのときは快楽など感じず、痛みと不快感だけをおぼえてクラウスを押しのけ、自分の家に走って帰り、寝台で泣いた。

クラウスがベルタと一緒にいるのを見るようになったのは、あのあとだ。

結局クラウスのこころを変えたのは、自分のせいだったのかもしれないと思うが、クラウスがふれたときの生理的な嫌悪感を受け入れることはできなかった。


だが、いまは——。

手首を縛られ、むりやりさわられているというのに、いやな感じはせず、むしろ快楽をおぼえている。

ゼフィルの力はレアが強すぎると思ったとたん、心地よい加減へと変わり、足りないと思った瞬間、身もだえするような激しさになった。

まるでレアの望むことはなんでも知っていると言いたげだ。

自分がシルヴァだからなのか。

本当にシルヴァの生まれ変わりで、かつてはこの男の妻だったから。

だから、この男はレアの望むことはすべて知っているのだろうか。

いや、そんなことはない、とレアは自分に言い聞かせた。

シルヴァなんて知らない。自分はシルヴァじゃない。

たとえ生まれ変わりであったとしても、自分とシルヴァはべつの人間だ。彼が愛しているのは、自分ではなく、シルヴァだ……。

レアの胸に刺すような痛みが走り、レアは乳房からもたらされるめくるめく官能にたえきれず下唇をかみしめた。

そう言えば……、とふとレアは、自分の胸を執拗に愛撫するゼフィルに少しだけ目をやった。

まだゼフィルは一度もレアに口づけしていない。

クラウスでさえ、最初は接吻しようとしたのに。

レアが自分でも知らないうちに両脚をこすり合わせたとき、ゼフィルがレアの気持ちを感じ取ったように上体を起こしてレアの目を見つめ、顔を近づけてレアの唇に接吻した。

レアは全身をこわばらせた。

ふれあうだけの優しい口づけ。

やわらかい唇の感触がレアの背中にざわめきを与え、レアは身震いしたくなるのをかろうじてがまんした。

ゼフィルが唇をわずかに開き、角度を変えてレアの唇を口唇で包み込む。

小鳥のように唇をつまんでは押し当て、また角度を変えて押し当ててから、閉じ合わせた部分に唇を押し込んだ。

レアは舌を入れられまいとして歯を食いしばったが、ゼフィルの唇は容易にレアの唇を押し開き、歯列をわってすりると舌を滑り込ませた。

舌が入ってきたとたん目のくらむような快楽が訪れ、レアは抵抗も忘れて全身をわななかせた。

「ん……、ふ……っ」

レアの唇からしどけない声がもれる。

もう一度歯を食いしばろうとしたが、いったん入ってきた舌を押し戻す方法はなく、かと言って嚙むこともできず、レアはゼフィルの舌に翻弄《ほんろう》されるままになった。

ゼフィルは奥にひそんだレアの舌を誘うように歯で上唇を嚙み、下唇を吸い上げ、唇全体をなめ回し、舌を奥深くにまで伸ばし、硬直したレアの舌を探り出した。

そのあいだも両手は乳房をつかみ、揉《も》み、つつき、なで、こね上げる。

大切な宝石のように乳首をあつかい、指の腹で、爪で、手のひらで、痛くならないよう、しかし、充分な強さで快楽を与えていった。

「おまえが好きなことをしてやろうか?」

ふいにゼフィルが言い、レアはわれに返って息をつめた。

ゼフィルが胸を揉んでいた手を背中に移動させ、人差し指を背筋にそっておろしていった。

その瞬間、レアの体に稲妻《いなずま》のような刺激が訪れ、大きく背中をのけぞらせた。

「やはりおまえはここが大好きなんだな」

ゼフィルは笑みを含んだ声で言い、またレアの唇を吸い上げ、舌を絡めたまま、背筋に指を這《は》わせていった。

指先が後方で動くたび、舌が跳ね上がってゼフィルにレアの悦びをつたえ、ゼフィルは自分から舌が離れると、すぐに舌を伸ばしてレアをとらえた。

ゼフィルが五本の指を立ててレアの背中を優しくなでる。

指が腰にたどり着くとレアは体をのけぞらせ、ふれあわせた唇の間から悲鳴にも似た声をもらした。

「あ……、ふ……、ンン……」

唇から唇に与えられる愉悦《ゆえつ》は、これまでレアが感じたことのない種類のものだった。

ぴったりと舌が重なり、強く吸い上げられ、先端部をちろちろとなめられると、体がとけていくようだ。

レアは自分のなかからこぼれ落ちるはじめての官能にあらがい、全身をこわばらせた。

「なにも恥ずかしがることはない。素直になれ。おまえがいつも素直だったように」

「んん……、あ……」

ゼフィルの舌は細やかによく動き、口腔《こうこう》全体をなめ回し、歯茎《しけい》にそって舌を移動させ、上あごをくすぐった。

いつのまにかレアの舌はゼフィルを求めるように、ゼフィルにあわせて動いていた。

こんなのはいやだ、自分はシルヴァではない、こんなことはしたくない……。

そうこころのなかで思うが、とりとめのない思考は欲望の波にさらわれ、なにも考えられなくなっていく。

ゼフィルは唇をレアの耳へと動かし、舌を耳朶《みみたぶ》に這わせ、熱い息を吹きかけた。

「んっ……」

口づけも、耳への愛撫も、乳房をこね回す指の強さも、レアをとろけさせ、悦楽のなかへ放り込む。

いやだと思うたび秘部は激しくけいれんし、自分の感情を迷いのなかへ誘っていった。

「やはり冥府の女王はおまえしかいない」

背中をなでていたゼフィルの手が前に移動し、内股へもぐり込んだ。

レアは慌てて足を閉じたが、すでに入ってしまったゼフィルの手を閉め出すことはできなかった。

もうそこは、はしたないくらいに濡れていた。

いやらしい蜜が尻にまでしたたっているのが自分でもわかる。

よく知りもしない男にさわられて、こんな風になってしまう自分がいやだった。

だが、どうしようもない。

ゼフィルが秘部にふれたとたん、体の奥底がびくりと収縮し、レアは身をよじってゼフィルから逃れようとした。

「やめて……。こんなの……。わたし……、今日結婚式だったのよ……。これから結婚するの……。だから、だめよ……」

ゼフィルの手がまだ閉じたままの花弁にふれ、秘裂をゆっくりなぞっていく。

遅々としたその動きに、レアはたえきれなくなってわずかに腰を震わせたが、自分では

気づいていなかった。

「ほかの男にさわられてここまで濡らしておきながら、結婚か。おまえの夫になる男は大変だな。こんないやらしい女を妻に迎えるのだから」

「わたしは……、そんな……」

「腰が動いているぞ。もうほしいのか？　だが、まだこれからだ」

レアは自分の動きに気づいて言葉を飲み込み、ゼフィルから顔をそむけた。

ゼフィルが亜麻色をしたレアの茂みに指を入れて優しくときほぐし、下腹をなでた。

身もだえするような愉悦がレアを震わせ、レアの秘部から蜜がしたたり落ち、レアは喉からもれる声を必死で押し殺した。

「そうやって泣きそうな顔をしているところもまた愛らしい。おまえは怒った顔も泣いた顔も愛らしかったよ」

「……わたしがシルヴァだから……？」

「ほかに理由があるか？」

「……」

レアが奥歯をかみしめて目を閉じたとたん、ゼフィルの手が花弁の上部にひそむ突起を探りあて、指先でつまみ上げた。

「あっ……！」

レアは混じりっけのない刺激を感じて上体をびくつかせた。

ゼフィルが親指と人差し指で突起をつまみ、揉んでいく。さらに、指の腹で摩擦するようにさすり、包皮ごとこね回した。

「ふぅ……、ん……」

声を抑えようとするが、どうしてもできない。

突起から得られる官能は秘部を通して全身に行きわたり、ゆるやかな熱い波となってレアを包んだ。

ゼフィルは苦しそうにゆがめられたレアの顔を見つめながら、唇に笑みをにじませ、親指と人差し指で突起を執拗に揉み込んだ。

こんなところに、こんな激しい快楽がひそんでいたなんてレアはいままで知らなかった。

突起がつまみ上げられ、先端をもてあそばれると、からだ全体に悦楽が浸透する。

こんな風に感じていてはだめだ、これはいけないことだと思い、気持ちをしずめようとするが、ゼフィルの愛撫はたくみで、レアを絶頂へと導いた。

ゼフィルは突起を何度もくり返しなで下ろしたあと、今度はくり返しなで上げ、突起の中心部に指先を這わせた。

「ん……、んん……」

ゼフィルの指が突起の先端を軽くたたき、先端を押し込んで回し、強く圧迫する。

突起が押されるたび、レアは秘部を収縮させ、ゼフィルはレアの快楽を察知して、力を抜き、また力を込めた。

「あぁ……」

先端から指を離すと、今度は包皮ごとつまんで、包皮を突起にこすり合わせる。

包皮ごしの摩擦は新鮮な快感を与え、レアははじめての官能にたえきれず、大きく息をはずませた。

「……、……こんな……、もう……」

やがて、突起が興奮して充血し、ゼフィルの指のなかで隆起して、包皮から顔を出す。

ゼフィルは包皮をつまんだまま何度も突起をしごき、あいた手で乳房をこね上げ、次第に目を潤ませはじめるレアの表情をうかがい、レアの耳の裏をなめ、首筋をなめ、反対の耳をなめた。

「もうやめて……。これ以上……わたし……」

レアは涙のにじむ目で懇願し、ゼフィルがレアの体から顔をあげ、突起をいじる指に力を込めた。

「ひっ……」

「これ以上、なんだ。これ以上やれば、どうなるんだ?」

「これ以上は……、んっ……、あ……」

ゼフィルは包皮を優しくむくと、レアのなかからこぼれ落ちる蜜を先端になすりつけて突起を慎重につまみ、指を動かしてこね回した。

突起が圧迫され、こすられ、つままれ、なで回されると、レアのなかに熱い塊《かたまり》が押しよせ、背中になにかがせり上がってくる。

レアは縛られた手首に力を込めてもがいたが、手首のいましめはきつくレアを締め上げどうにもならない。

ゼフィルが突起をつま先ではじき、露出した部分をくすぐった。

「あぁ……っ」

ゼフィルが突起の中心部をしごき、圧迫し、先端を摩擦する。

そのくり返しは絶妙な快楽を与え、やがてレアのなかから白熱した炎が生まれ、次第に大きくなっていった。

「んん……、ぅ……っ」

声をもらすまいと努力しても、唇のすきまからあえぎ声がもれていく。はしたないことだと思うが、こらえられない。

ゼフィルはレアの反応を楽しげにながめながら、突起をしごきあげ、こすり、抑え、揉み込み、なで上げ、はじき、レアにあらゆる官能を捧げた。

鮮烈な欲望がレアの体を衝き動かした。すべての反応は自分の意思とは無関係に起こり、レアを愉悦の境地へといざなった。

ゼフィルが激しい勢いで突起を揉み込んだとき、とうとう白熱した炎がレアのなかを駆けめぐり、背中から突き抜けた。

「あぁ……、んふぅ……あぁ……っ！」

レアはつま先がしびれるような感覚をおぼえて、背中をのけぞらせ唇をわななかせた。腰が跳ね上がり、秘部が何度も収縮する。

甘く、淫らな炎はレアのなかで青い火花を散らし、レアは体をこわばらせ、炎が燃え尽きるのを待った。

「ん……、ふぅ……、あぁ……」

涙のにじむ目を開くと、ゼフィルの顔が近づき、レアに熱い接吻をした。

舌が入り込み、レアの舌を容易にとらえ、唇を吸い上げ、舌先をもてあそぶ。

もう終わりだと思い、レアは深呼吸をしたが、まだなにも終わってはいなかった。

ゼフィルは突起に当てていた手を、ほころびた花弁の奥へと侵入させた。

「ひ……っ」

もうすでに熟れて充血し、たっぷり蜜をしたたらせた体は、ゼフィルが指を入れると待ち望んでいたように奥へと彼を導いた。

「……やめて……。もうこんなのいやよ……！　い……、痛い……！」

はじめて異物を受け入れた秘部は、まだずいぶん固く、ゼフィルの指を強く締め上げたが、ゼフィルは侵入をやめようとはしなかった。

「痛いわ……。痛い……」

ゼフィルの指はレアの様子を探りながら入口でいったん止まり、ゆっくりと抽送《ちゅうそう》を開始した。

レアの内部は拒むように、また歓迎するようにゼフィルの指を締め付け、ゼフィルはその硬さに満足して、上下に指を動かし、出して入れるたび奥へと指を突き進めた。

自分のなかに男の指が入ってくる……。

深く、深く……。

そう思うと恐怖に身震いしたが、恐いと思い、痛みをおぼえる反面、レアの秘部がなにかを欲してわなないていることにも気づいていた。

「痛いだけか」

ゼフィルがレアの気持ちを察したように言い、レアは耳まで赤くなりゼフィルの視線から逃れようと身をくねらせた。

「どうやら違うらしいな。ここにふれてみればわかるさ。どれだけおまえがわたしをほしがっているか。こんなにもいやらしい蜜をあふれさせておきながら、ただ痛いだけなわけがない」

ゼフィルはとうとう指を根元まで沈め、レアのなかを楽しむようにしばしそのまま動かずにいたあと、入口近くまで指を出し、回しながら突き入れた。

「んんぅ……、ひぃっ……」

肉襞《にくひだ》を押し広げ、狭い秘部をほぐすように、指を回しては入れ、出しては突き、レアが痛みを感じず快楽だけをおぼえるように注意しながら抜き差しをくり返す。

あふれかえる蜜が指の動きをなめらかにし、淫猥《いんわい》な水音が静まりかえった部屋に響いた。

レアははじめ痛みに顔をしかめていたが、指が前後に出し入れされるたび、体の奥底に自分でも知らない熱がもどかしくこみ上げてくるのを感じた。

その熱は激しく、レアをとろかせていく。

次第に指の動きが秘部になじみ、体が指を受け入れていった。

「ふぅ……、ぁ……」

知らず知らずのうちに腰が揺らめき、もっとべつの刺激を欲して秘部がこきざみに収斂《しゅうれん》する。

繊細な指はレアの内側からなにかを掘り起こそうとするように、深く突いては浅く進め、強く押しては弱く動く。

指が回りながら突き進み、浅い部分を執拗に探り、レアを攻め立てるように深く秘部を貫くと、レアは全身に力を込め、手首を縛る蔦を引っぱった。

「んっ……、くぅ……」

官能と痛みが交錯《こうさく》する。

ふたつの刺激は決して混じることなく、同時にレアをうがち、同じ強さでレアのなかをかき乱した。

だが、それも最初のうちだけだ。

蜜があふれかえり、指の動きがなめらかになるにつけ、混じりっけのない悦びがレアの体を震わせはじめた。

痛みよりはるかに激しい波で。

「あぁ……」

ゼフィルはうち震える花弁を見て、ゆっくりと指を抜き、とうとう自分の着ているブリオーの下から大きくそそり立つ熱杭を取り出した。

天を突き刺すばかりの赤黒い局部は、大きく反り返っている。

仰向けになったレアは慌てて目をそむけたが、はじめて見る興奮した男の部位は恐ろしく、あんなものが自分に入るのかと思うと、たえがたい恐怖にさらされた。

「わたし……、いや……。こんなのまちがってる……。あなたは人違いをしているのよ……。わたしはシルヴァじゃないし、あなたの妻でもない……。こんなこと……むりよ……」

「同じ言葉は聞き飽きたよ。おまえが口にしていいのは、悦びの声だけだ」

ゼフィルがほころんだ花弁の中心に熱くたぎる先端をあてがった。

レアはびくりと体をこわばらせ、固く目を閉じ息を飲んだ。

手首に絡まった蔦はきつくレアを苛み、手のひらはすっかりしびれていた。

ゼフィルは自分自身に手をそえながら秘裂にあわせて先端を動かし、秘裂の下にまで到達すると、なじませるように先端を上部に向かって這わせていった。

「ぁっ……、ひっ……」

ゼフィルが包皮から突き出した肉粒に先端部を押し当て、揉み込むように肉塊を動かした。

露出した突起と男の陰部との摩擦で生まれる甘美なうずきは、体の芯から全身に快楽のさざ波を送り込んだ。

「体の力を抜いて、おとなしくしていろよ」

ゼフィルが言い、屹立した部位をつかんだまま、ゆっくりとレアのなかに腰を沈めた。

「ひぃっ。痛い……っ。痛い！」

固い肉襞が、大きくふくれあがった切っ先で引きのばされ、押し開かれていく。

レアは痛みにたえきれず声をあげたが、ゼフィルはレアの様子を気にしながらも行為をとめようとはしなかった。

レアのなかから赤いしずくがしたたり落ち、寝具を濡らした。

「痛い……。痛いわ……、もうやめて……、痛い……」

入らないと思っていた熱塊がレアのなかにぴったりと収まり、ゼフィルはレアの細い体を抱きしめて涙のこぼれる目尻に口づけをした。

その間も、秘部は収縮をくり返し、レアが慣れるのを待った。

ゼフィルはしばらく動かず、ゼフィルの熱杭を締め付ける。

ゼフィルはレアの髪を何度もなでて、レアの気持ちを落ち着けようとした。

「どうして……、こんなひどいことをするのよ……。悪魔……、あなたは悪魔だわ……」

「わたしは冥府の王だ。そして、おまえの夫だよ。おまえはわたしとともにあり、わたしはおまえとともにある」

「違うわ……。あなたはわたしの夫じゃないし……、わたしはあなたの妻じゃない……」

レアが言った瞬間、ゼフィルが熱杭を動かし、先端を入口近くまで引き抜いたあと、腰を押し進め、浅い部分を突いていった。

「やっ……、あぁ……っ」

固く不慣れなレアの秘部が強くゼフィルを締め付けた。

なにも知らないはずなのに、ゼフィルが抜こうとすると入口がすぼまり、奥へ進めると誘うように障壁が取りのぞかれる。

その絶妙な肉襞の動きにゼフィルは満足の表情を浮かべ、まだ涙を流しているレアの頬を手のひらで包み込み、腰を動かして浅い部分を押し開き、突き入れ、張り出した部位で内壁をこすりあげた。

「愛しいわが妻……」

「あなた……なんか……、大……嫌い……。ひっ！」

ゼフィルが容赦《ようしゃ》なく腰を突き入れ、レアはこれまでにない痛みと快楽を感じて喉を大きくのけぞらせた。

ゼフィルの局部ははじめてのレアにはあまりに大きすぎ、入っているだけで体がうずく。動かされると、さらなる痛みに苛まれ、レアは体をこわばらせたが、自分がそれ以外の感覚をも得ていることに気づいていた。

「ンふう……、く……」

ゼフィルは抜くぎりぎりまで先端を戻して入口付近を突き、えぐるように動かし、膣襞《ちつひだ》を引きのばし、レアの呼吸が深くなったのを見て、ゆっくり奥へと突き進めた。

レアが顔をしかめると、入口まで戻してこきざみな浅い動きをくり返し、レアが安堵したのを見て、奥まで突き入れ、大きく圧迫した。

「あ……、……」

痛みをともなう行為は全身を鋭敏にさせ、ゼフィルが両の乳首をつまみ上げると、レアは背中を反らせて、体中を行き交う官能にたえた。

下肢はうずくように痛んだが、動かされるたび、出し入れされるたび、突かれるたび、先端が肉をうがち膣壁をこすりつけるたび、快楽の種火が燃え上がり、たしかな熱となってレアのなかに欲望を生んだ。

「ん……、あ……っ」

ゼフィルが体を動かし先端を抜こうとしたとたん、レアは思わずゼフィルを強く締め上げていた。

ゼフィルは自分を逃すまいとしたレアの動きに気づき、唇に冷酷な笑みを浮かべた。

「おまえは本当にわたしのこれが大好きだな。そんなにこれが好きか」

言いながら、膣襞を押し広げ、奥にまで突き入れ、浅い部分を探り、張り出した部位でかき乱す。

ゼフィルが浅い部分で腰を回し、レアの官能をあおり立てた。

「そんなの……、好きなわけ……、あぁ！」

ゼフィルがレアの両脚をつかんで大きく広げ、最奥にまで突き進めた。ひざの裏に手を入れて足を寝具に押しつける。

恥ずかしい格好にたえきれず、レアは腰をねじってあらがったが、ゼフィルの手はしっかりと足をつかんでいた。

「いや……、ン……」

抜き差しをくり返すたび、ぐちゅりぐちゅりといういやらしい音が響きわたり、灯火が揺れ、ふたりの行為を暗い壁に映し出した。

秘部はぴたりとゼフィルを受け入れ、ゼフィルの形にそってうごめき、ゼフィルもまたレアの望むままに動いた。

「あぁ……、……」

ゼフィルは角度を変えて挿入し、レアのひざを胸元近くにまで引きよせ、隠された部位をあらわにした。

薄い亜麻色の茂みや濡れそぼって充血した花弁、さらに、後ろの蕾《つぼみ》までが炎のもとにさらけ出されると、レアはあまりの恥ずかしさにたえきれず、このまま死んでしまいたいと思った。

その瞬間、自分はもう死んでいるのだと気づいて愕然《がくぜん》とする。

自分は死んだ。——死んだのだ。

命の営みを示す行為のなかではじめて自分の死を実感し、寒々とした寂しさに襲われたが、レアが絶望をおぼえた矢先、ゼフィルがすべての憂《うれ》いを消し去るように先端を押し進めた。

「あぁ……!」

入口を探り、奥に突き入れ、また戻すたび角度を変えてべつの部位を突き、レアの内部をあますところなく刺激する。

先端部が肉襞を掘り起こし、突き刺し、ゆるくこすると、レアは苦痛とは異なる波を感じて大きくあえいだ。

「ふぅ……、ぁ……」

ゼフィルが次第に動きを早めていく。

抜き差しにあわせてレアの内部が蠕動《ぜんどう》し、ゼフィルを奥へといざない、ゼフィルは自分の腰をさまざまに動かし、回し、レアのもっとも好きな部分を探して内部を突いた。

「痛い……。痛いわ……」

体の奥から燃えるような熱がせり上がり、自分が自分でなくなっていく。

痛みはたしかにあるはずなのに、痛み以外のなにかがさらなる激しさでレアを飲み込んだ。

「少しがまんしろ。はじめてなんだから痛くて当然だ。そのうち痛みも消える」

「違う……。手……。痛い……」

ゼフィルがはじめて気づいたように寝台のへりに拘束されたレアの手首を見つめた。

蔦はレアを傷つけない強さではあったが、レアが逃れようとして暴れるため手首に食い込んで赤いあとがつき、手のひらが紫になっている。

ゼフィルは激しい勢いでレアをうがち、先端をゆっくりと戻して、また容赦なく突き入れた。

レアはもうろうとした意識のなかでうなされるように「痛い……、痛い……」とつぶやいた。

「妙なことはするなよ」

ゼフィルは念押しするのを忘れず、手のひらを蔦にかざした。そのとたん、蔦が蛇《へび》のようにレアの手首から離れ、ゼフィルの袖口に吸いこまれた。

いましめがほどかれたレアは、同時にゼフィルに抱きついていた。

どうしてそんなことをしたのか自分でもわからない。

だが、うずくような痛みと体からせり上がる官能にひとりでたえることはできず、ゼフィルの体にしっかりとしがみつき、自分のなかに起こった変化をこらえようとした。

「ン……ふぅ……、あぁ……！」

ゼフィルが先端部のくびれまで引き抜いたあと、やわらかい尻をつかんで強くレアを突き上げた。

レアを壊すほどの勢いで何度も激しく突き上げると、荒波がせり上がってレアを飲み込み、レアはゼフィルを抱きしめたまま大きく体をわななかせた。

「あぁ……、あ……、あぁっ！」

自分のなかでなにかがゆっくりと変わっていく。レアの指先にまで到達したのははじめての悦びだったが、レアにはまだよく理解できていなかった。

ゼフィルは、レアが悦楽をおぼえたのを見て、さらに激しく奥を突き、レアの内部に熱い飛沫をたたきつけた。

レアが涙のにじんだうつろな目を開くと、ゼフィルの顔が近づき、唇が押し当てられた。

レアはまぶたを閉じて、深呼吸をくり返し、ゼフィルの接吻を受け止めた。

ゼフィルはしばしレアの唇の感触を楽しんだあと、レアを抱きしめ、亜麻色の泡立つ髪を指先でときほぐし、レアの耳元でささやいた。

「この宮殿から外へは決して出るな」

第二章　蜜滴る淫愛

目をさますと、ゼフィルはどこにもいなかった。

天蓋《てんがい》のついた寝台の上だ。

扉とは反対の壁には黒い垂れ幕がおろされ、右の壁には自分に似て非なる女の肖像画がかかっている。

レアは寝台の上に座り込んだまま、自分と同じ顔をしていながら、まったく異なる女をながめた。

目尻に涙が浮かび、頬をすべった。

泣くまいと思っても、涙はあふれ、こぼれ落ちる。

はじめて会う男に体を奪われたことに対する恐怖と怒りのせいかと思ったが、それは悔《くや》しさだった。

あの人の身代わりなんて――。

自分は自分として認めてもらえない。あの男は一度も彼女を「レア」と呼ばず、ずっと「シルヴァ」と言っていた。

「愛しいわが妻」と……。

彼が「シルヴァ」の名を口に出し、レアを「亡き妻」と呼ぶたび屈辱《くつじょく》と苦しみ、切なさと悲しみに襲われ、熱い涙がこみあがる。

これほどつらいことがあるだろうか。「愛している」と言いながら、その言葉はすべてべつの女のためにあるなんて。

自分は決してあの男にとって「レア」ではないのだ。レアは亡き妻シルヴァの身代わりで、彼が求めているのはシルヴァだけ。

そう考えると、息がつまりそうになったが、自分のこの感情がなにを意味しているのか自分でも計りかねた。

夜色の髪と闇色の目をもつ男。

そんな男に自分が惹かれているということがあるだろうか……。

髪が夜のようで、目が闇のようだからといって、いきなり好きになるほど、自分は気さくな女ではないと思う。

だが、あの男の深いまなざしと月を宿した髪は、レアのこころをかき乱した。

レアは薄布のかかった体に目をおろした。そこここに赤い烙印《らくいん》があり、行為のあとをまざまざと知らしめている。

まだ体の奥になにか入っているような異物感が残り、わずかな痛みが響いていた。

悲しみが押しよせ、とまらない。

首から下がった流れ星をつかんで鼓動《こどう》の上にあてがうと、寂しさが癒《いや》されていく気がした。

結局あの男が求めているのは、亡き妻シルヴァであって、レアではない。

「わたしだったとしても……、そんなこと関係ないけど……」

結婚式はどうなったろう。自分の死体はもう発見されただろうか。

伯母は泣いているかもしれない。実の娘同然とはいかないまでも、十年の間、一緒に暮らしてきたのだから。

伯父は……怒っているだろう。

伯父は城で働く厩舎係《きゆうしや》だ。

レアが領主さまと結婚すれば、最低でも厩舎頭か、うまくすれば城内に入り領主さまの仕事の片腕をまかされるようになるだろうと言って喜んでいた。

レアが死んで、なにもかもぶち壊しになった。

自分は死んだ。もう現世には戻れない。

ここで本当の自分を決して見てくれない男の妻となり、女王として暮らすか、それとも永遠の安息のなかにとけ込むか、どちらかだ。

まだ死にたくはない。

そう思ったが、もう自分は死んでいるのだと気づき、自嘲《じちょう》する。

レアはもう一度壁にかかった肖像画を見た。

自信に満ちた琥珀《こはく》色の瞳。蠱惑《こわく》的な赤い唇。高貴な容貌《ようぼう》のなかに高慢《こうまん》さがのぞいている。

すべてレアのもっていないものだ。

これがあの男を虜《とりこ》にした女かと思うと、レアのこころにさざ波が起こった。

胸が焼けるようなこの痛みはなんだろう。

レアを見るゼフィルの瞳。彼は闇色の瞳でレアを見ているのではない。

あの男は、レアの向こうにいるシルヴァを見つめている。

その瞳がレアをとらえることは決してない。

そして、ゼフィルのまなざしの奥底には切ない懐かしさがひそんでいた。

どこかで会ったと思うが、それはシルヴァの記憶としてではなく、自分のなかで起こったこととしてレアの胸に刻まれている。

「……どこかで会ったことがあるような気がするんだけど……。でも、冥府《めいふ》の王なんて死ななきゃ会わないよね……」

ふいに、空腹感をおぼえ、あたりを見た。

どこからかよい匂いが漂ってくる。視線を室内に向けると、右側の壁にできた入口が開いていた。

レアは寝台から立ち上がろうとしたが、なにも着ていないことに気づいて、寝具を胸元まで引きよせた。

すると、レアのそばに炎に似たこぶしほどの大きさの白いもやがやってきて、レアを寝台の外へ導いた。

白いもやの行く先に目を向けると長いすが置いてあり、その上に虹色のシェーンズ、裾の部分に銀糸で刺繍《ししゆう》の入った淡青色《たんせい》のブリオー、緋色《ひいろ》の太い腰帯が置いてあった。

腰帯はアイロンで縮みじわが施され、大きく開いたシェーンズの胸元には橙色《だいだい》の意匠糸で波形の模様が縫い込まれている。

ブリオーの袖口は波打ちながら下方に広がり、肘から下に透かし模様が入っていて、ひだになった裳の裾には赤いより糸で薔薇《ばら》があしらわれていた。

胸元には細かな金剛石《こんごうせき》がちりばめられ、灯火を受けてきらびやかな光を反射し、レアは自分の置かれた状況も忘れてうっとりとした。

白いもやがレアの注意をうながすように衣の上で浮遊した。

レアはあたりに人がいないことを確認して長いすのそばに行き、まずシェーンズに袖を通し、その上にブリオーを着て、革でできた長靴《ながぐつ》をはいた。

壁にかかった大きな鏡を見ながらブリオーの背中の紐を結ぼうと苦心していると、白いもやがやってきて背中の紐をつかみ、器用に交差させて丁寧に結んでいった。

レアはふいに気づき、もやに向かって言った。

「あなたたち……、魂《たましい》なのね……！　死んでここに来た魂たち。そうか……。魂はこうやって七日のあいだ冥府《めいふ》の王に仕えるのね」

白いもやはレアの言葉を聞いて喜ぶように明滅し、レアの太い腰帯を後ろで結ぶと隣の部屋に消えていった。

レアはもやのあとを追って隣室に行った。

壁際にあらゆる陶器の器や壺が飾られた室内に大きな卓があり、見たこともないごちそうが並んでいる。

酒に漬けたかぶを巻いて熟成させた鵞鳥《がちょう》の肝、牛肉の脂肪漬け、香草と米を詰めて焼いた鶏肉、ぶどう酒で煮込んだ牛の胸腺、チョウザメの卵、殻《から》ごと焼いたアワビ、白インゲンとヒヨコ豆のスープ、牛の乳と乳脂で煮た舌平目《したびらめ》、イチジクの葉で蒸し焼きにした白身魚、淡水魚の唐揚げ、さまざまな豆やソーセージ、揚げた林檎《りんご》、香辛料で味付けした梨、焼きたての白パン……。

白いもやが卓の前にあるいすのひとつを引き出し、レアは誘われるままいすに座りゴブレットをつかんで、もやがぶどう酒をつぐのをながめていた。指も手もないのにどうやって水差しをかたむけ、紐を結び、いすを引くのかわからなかったが、ここは冥府だ。

どんなことが起こっても、不思議ではない。

レアは香辛料で味付けされた濃いぶどう酒を飲んで顔をしかめ、白パンをちぎって食べ、白いもやが取りわけてくれる鵞鳥の肝や鶏肉を堪能《たんのう》した。

レアはチョウザメの卵を食べながら、白いもやを見て言った。

「この料理もあなたたちが用意したの？」

白いもやが肯定するように明滅した。

「すごく料理上手ね。とってもおいしいわ。……でも、材料はどうしてるのかしら。畑とか山とかがこの近くにあって、あなたたちが土を耕したり、猟《りょう》に出たりしてるの？」

レアは疑問を感じながら言ったが、白いもやはうなずくように跳びはねただけで、実際なにがどうなっているのかは判然としなかった。

「もういいわ……。ありがとう」

腹がふくらむまで食べ終え、白いもやに礼を言うと、もやは自分の使命は終えたとばかりにどこかへ消えた。

もしかして七日がすぎて、永遠の安息に引き込まれていったのかもしれない。

永遠の安息がどのようなものかわからないが、そこにはレアたちのような現世で生きる人々が望む安らかな無の世界が広がっているにちがいない。

崖《がけ》で足をすべらせるという望まぬ死を迎え、ここに来たものの、魂の安息《あんそく》が得られるなら喜ぶべきなのだろう。

それでも、自分がなくなり、すべてが消えるという事実はレアにためらいをもたらした。

安息を得れば、なにもかも忘れるのだと思うと、恐くもあり不安にもなる。

それは、安息の果てにあるのがどのようなものかわからないことに対する不安だった。

永遠の安息がどのようなものか明確にわかっていれば、こんな不安は感じないにちがいない。

では、このままここで七日過ごして、永遠の安息へ……、——無の果てへ行くことが自分にとっていいことなのだろうか。

それとも、あの男の血を飲んで冥府の女王としてここにとどまる方がいいのだろうか。

どちらを選べば自分にとってもっともいい選択となるのか、いまのレアに判断はつかなかった。

「でも……、あの男はわたしをシルヴァだと思ってるのよ……。わたしを生まれ変わりだって……。あの男はわたしを愛してるわけじゃないんだから……」

やがてシルヴァと自分の違いに気づく日がきっと来る。レアはシルヴァではなかったのだと思い知らされる日が。

そのときにあの男はレアを捨てるだろうか。それとも、べつの女を見つけてきて、その女の手首を蔦《つた》で縛るだろうか。

「シルヴァに似てたら……、だれだっていいのよ……。わたしじゃなくたって……」

レアは手首に目をおろしたが、いましめのあとはどこにもついていなかった。

「そう言えばあの男……、冥府の女王になったら永遠にここで生きられるって言ってたわね……。じゃあ、なんでシルヴァは死んじゃったのかしら……。病気？　それか事故かな……。冥府の女王だって死ぬのよね……」

部屋は閉め切られていて、いつここへ来たのか、どれぐらい経ったのかわからないが、眠った気がするから、あの男にふれられたのは昨日のことだろうと見当をつける。

あの男は宮殿の外へは出るなと言っていた。

ということは、外に出る方法があるということだ。

「外に……、どうやって……」

いすから立ち上がり背後に目を向けると、壁に装飾の施された大きな扉がしつらえてあった。

どうしようか迷ったが、もしかして現世への入口かもしれない。

レアは、思い切って取っ手をつかみ、重い扉を開いた。

扉の向こうは、暗い回廊《かいろう》が左右に長々とのびていた。

回廊のところどころに円柱が並び、円柱の奥にできた壁に扉はない。

壁には燭台《しょくだい》がかかっていて、小さな炎が点々と回廊をともしていた。

レアは右を見て、左を見た。どちらも同じように見える。

また右を見て、悩んだあと、左に歩を進めた。

円柱の頭頂部には獅子《しし》の意匠が刻まれ、礎《いしずえ》には精緻《せいち》な蓮《はす》が浮き彫りされている。

回廊を包む壁は夜のようにも闇のようにも見え、手を伸ばすと壁の向こうに指が引き込まれ、慌てて手を引っ込めた。

「行き止まり……」

回廊の突き当たりは、左右の壁とは対照的に白い石の壁でおおわれていた。

レアは落胆をおぼえ、装飾の施された石の壁に手のひらを当てた。

そのとたん、壁が後ろに移動し、広い空間が開けた。

壁ではなく、扉だ。

「だれかいますか……」

もしゼフィルが出てきたらどうしようと思いながら足を踏み入れると、八角形の広間があり、それぞれの壁に八つの扉が作られていた。

「扉……。もしかしたら出られるかも……」

レアは高鳴る鼓動《こどう》を抑え、八つの扉を見返したあと、一番近くの扉の前に行き、取っ手をつかんだ。

扉は重く、容易には開かない。

レアは取っ手を握りしめ、力を込めようとして、……動きを止めた。

この扉は現世につながっているかもしれない、うまくすれば自分は現世に戻ることができる、ここでゼフィルとはお別れだ、――そう思うとなぜかこころが揺らぎ、自分の決意が迷いを帯びた。

昨日あんなひどい目にあわされたのに、自分はゼフィルとの別れを惜《お》しんでいるのだろうか。

行為のあと、ゼフィルが見せたのは、心地よい優しさだった。

レアの髪を何度もなで、後ろから抱きしめて、とろけるような甘い口づけをした。

「宮殿の外へ出るな」という言葉は、ただの独占欲ではなく、レアに対する愛のせいだというように――。

その瞬間、またレアの胸がきりきりと痛んだ。彼が愛しているのは亡き妻であって、レアではない。

レアを抱いていてさえ、ゼフィルはシルヴァのことばかり考えている。

そんな男とともに暮らすことはできなかった。

自分は現世に戻るのだ。

レアは改めてそう決心し、全身の力を込めて扉を開いた。

石でできた扉は重く、容易に開けることはできなかったが、両手で懸命《けんめい》に取っ手を引くと、じりじりと動きはじめた。

扉がすべて開ききり、喜びの表情を浮かべて外に出ようとしたとたん、嵐《あらし》ともつかない強風が吹き荒れた。

髪の裾が跳ね上がり、ひだを作る裳が引っぱられる。

レアは慌てて扉を閉めた。

どうしようか迷い、今度は隣の取っ手をつかんだ。

また同じように嵐が吹き荒れているのだろうか……。

そう思ったが、開けるだけなのだから、やってみるに越したことはない。

「ここを開けてみて、さっきと同じだったら引き返しましょうっと……」

取っ手は隣の扉よりもっと重く、開けるのは至難のわざだったが、なんとか自分が通れる分だけ開ききり、一歩足を踏み出した。

声が聞こえた。

幾百、幾千、幾万もの人のうめき声だ。

すぐそばに切り立った崖があり、がりがりにやせた亡者たちが崖の底から骨と皮だけの手を伸ばしていた。

落ちくぼんだ目には欲望や憎悪《ぞうお》、妬《ねた》みや怒りが刻まれ、ここから引き上げてくれと言うようにしきりと声をもらしている。

レアは恐怖のあまりこわばった足でしりぞき、すぐさま扉を閉めた。

重い扉に隔《へだ》てられても、まだ亡者たちの声が耳に残っていた。

もしかしてあそこが地獄なのだろうか。

現世で罪を犯した者たちは、あそこで永久に迷いつづけるのかもしれない。

足が震えていたが、なんとか気持ちを落ち着かせ、三番目の取っ手に手をかけた。

今度は容易に開くことができた。

薄暗い森が広がっていた。

見覚えのある森だ。

「ここは……わたしのいた森だわ……。わたしが逃げていったところ……」

雄々しく葉を茂らせた樫《かし》、春にそなえて蕾《つぼみ》をふくらませた白樺《しらかば》やトネリコ、頭上に伸びるニワトコ。

イラクサの茂みまでおんなじだ。

だが、空だけは違っていた。

藍《あい》色の光をたたえた天にまるい月はない。けれど、茨《いばら》の棘《とげ》の一本まで見分けることができた。

「きっとここが現世につながってるんだわ。わたしのいたところに……、たぶん……」

扉の外に出たとたん、懐かしい寒さが裳裾《もすそ》を吹き飛ばし、レアは即座に裳をかき集めた。

マントルをもってくればよかったと思うが、引き返していってゼフィルに見つかれば、なにをされるかわからない。

「あの男が愛しているのはシルヴァよ……。わたしじゃない……。そんな男の妻にはなれないわ……。伯父さんが決めた相手ならともかく……」

このまま帰っても領主さまと結婚させられるだけだと思うが……、――帰ったあとのことは考えまい。

もしかしてレアが式の当日に逃げ出すほど結婚をいやがっているのだと知って、伯父が領主さまにこの結婚をなかったことにするよう申し入れてくれるかもしれないし、領主さまの方から逃げ出すような女はごめんだと言ってくるかもしれない。

レアは気を取り直し、薄暗い森のなかに入っていった。扉が背後に遠のいた瞬間つま先が迷い、レアは冥府の城に目を向けた。

そこには真っ暗な闇があるばかりで、暗黒のなかにぽっかりと扉が開いている。

レアは胸から垂れ下がる流れ星を握りしめた。そうすれば、力がわき出すというように。

あの扉の向こうにゼフィルがいる。

ゼフィルはいまごろシルヴァの思い出にひたり、記憶のなかのシルヴァに話しかけているだろう。

レアがいなくなったことにも気づかず――。

そう思うとやるせない切なさに襲われ、レアは気持ちを引き締めた。

「あの男がなにをしていようと……、わたしには関係ないわ……。わたしは現世に戻るんだから」

レアは迷いを振り切るようにそう言い、森のなかに歩いていった。

木々が生い茂り、葉が静まりかえり、茨が地面にたたずんでいる。

棘に裳をとられないよう注意しながら、森の奥へと進んでいった。崖から落ちたら大変だ。

また目がさめたら、あの寝台にいるということになりかねない。

ゼフィルにもてあそばれたことを思い出すと、体がざわめき、胸の先端がこわばった。

なめらかな舌や器用な指先は、すべて快楽を与えるためにあるとばかりにレアを翻弄《ほんろう》し、乱れさせる。

だが、それもレアのためではない。

シルヴァ、シルヴァ、シルヴァ。

あの男のなかにあるのは、美しかった亡き妻との思い出だけ。

そんな男につきあってなどいられない。

たとえゼフィルの影に過去の記憶が引っかかっていたとしても。

自分がゼフィルの目と髪にこころ惹かれていたとしても。

彼のなかに優しい夜と温かい闇を見いだしていたとしても――。


レアは何度かくぼみに靴を引っかけ転びかけたが、手をつくことはなく、慎重に歩いていった。

樫の木の間を抜けようとしたとき、頭上に蜘蛛《くも》の巣があることに気づき身をかがめた。

よく見ると、蜘蛛の巣に銀色の羽をもつ蛾《が》が張りついている。

蛾はまだ生きているらしく、苦しげに身もだえしていた。

レアはどうしようか迷ったあと、そっと蜘蛛の巣に手を伸ばし、蛾の体と巣の間に指を入れた。

軽く力を込めたとたん、蛾が勢いよく羽ばたき、鱗粉《りんぷん》をまき散らしながらどこかへ消えた。

レアは唇に安堵の笑みをにじませ、ふたたび歩を進めた。

靴の下でしなる落ち葉、やわらかい土、木々のささやき、森の香り。

吐く息は真っ白で、鋭い寒さが耳朶《みみたぶ》を凍えさせた。

なにかが違う、とふと思う。

自分のいた森とどこか違う気がする。遠くには領主さまのいる城も見えていて、こんなにも寒いのに、ここはあの森ではない。

よくよく耳を澄ませてみると、音がひとつもしなかった。

狼《おおかみ》の遠吠えも、リスが木に駆け上る音も、フクロウの鳴き声も。

自分の靴音と木の葉をかきわける音、裳裾の衣擦れ以外なにも聞こえない。

無音の世界。

レアは恐怖にわななき、息をつめた。

「大丈夫よ……。この森なんだから。大丈夫……」

レアがそこまで言ったとたん——。

レアの足もとがぐらりと揺らぎ、天地が逆転した。

気づいたときには、もう遅い。

レアは堅く目を閉じ、二度目の死を覚悟した。

地面にたたきつけられ、ばらばらに砕《くだ》け散る……、——そう思ったとき、なにかがレアの体をとらえ、空中でしっかりとつかみ上げた。

レアは全身を硬直させた。

恐怖が冷たい風となって胸元を通りすぎる。

なにかが体に巻きついていた。縄《なわ》のような、紐《ひも》のような。

ゼフィルの袖口から伸びてきた奇妙な蔦だろうか。

では、ゼフィルが自分を助けてくれたのか。

そう思うと、自分でも気づかない喜びがわき上がり、レアは震えるまぶたをそろそろと開いた。

レアのすぐ前に、巨大な蛾が止まっていた。

「ひっ！」

レアは小さな悲鳴をあげた。

レアの体に巻きついていたのは、巨大な蛾の口吻《こうふん》だ。

蛾はまるい斑点《はんてん》のついた銀の羽を閉じて、六本の足を崖にかけ、灰色の目でレアを見つめていた。

レアはもう一度、

「ひ……！」と言った。

涙が一滴こぼれ落ち、気が遠くなったが、なんとかこらえた。

「な……っ、あなた……、……わたしを……食べるの……？」

蛾に人間の言葉が理解できるとは思わないが、なにかしゃべっていないとおかしくなってしまいそうだ。

「人間など食わんさ」

蛾がはっきりとした声で言い、レアは今度こそ気を失いそうになった。

自分以上に大きい蛾がいるだけでも恐怖なのに、その蛾が人間の言葉を話すなんて……。

レアは震える唇を開いたが、なにも言うことはできなかった。

「わしを忘れたのかい。ついさっきわしを助けてくれたろう。そのお返しだよ」

「……助けたって……、さっきの蛾は……、すごく小さくて……」

「あれがわしだよ。そう驚くな。おまえさんを食ったりしないさ。本当におまえさんはシルヴァさまにそっくりだな」

その一言でわれに返り、レアは首をすくめた。

蛾がレアを地上に戻し、しみじみとながめた。

「あなた……、シルヴァを知ってるの……?」

「冥府にいて、シルヴァさまを知らぬものはいない。シルヴァさまは傲慢《ごうまん》で冷たい女王だったよ。わがままで、自分勝手で、冥府の統治など気にかけず、なんでも自分のしたい放題。だが、ゼフィルさまはそんなシルヴァさまを愛しておられた。こころの底から」

レアの胸がちくりと痛み、息が荒くなってきた。

「おまえさんはシルヴァさまにそっくりだが、中身はシルヴァさまとずいぶん違うな。シルヴァさまはわしが死にかけていても、助けてくださるようなお方ではなかった」

「わたしは……、……シルヴァじゃないもの。違っていて当然よ……。ゼフィルが愛しているのは、シルヴァであって、……わたしじゃない……」

そう口にすると、本当にそのことが事実となってレアの胸に押しよせた気がして、レアは苦しみをおぼえた。

レアは上目づかいに蛾を見返し、ゆっくりと訊いた。

「……、……シルヴァは……なぜ死んだの？　冥府の女王でも……死ぬことってあるの？

ゼフィルはわたしが女王になれば永遠にここで生きていられるって言ってたわ」

「なにも起こらなければそうだろうさ。だが、王や女王とはいえ、死から完全に逃れることはできん。ゼフィルさまなどは、ある男にいまも命を狙われておる。——それはさておき、シルヴァさまはみずから消えられたのさ。わたしの役目はもう終わったとおっしゃって、ゼフィルさまの前からいなくなった……」

「……どういうこと？　……自殺したの……？」

「消えたのだ。お消えになられたのだよ。たしか……、……そうだな、おまえさんがここに来る三日前だ」

「三日前ですってっ？」

レアは愕然《がくぜん》として声をあげた。

れたのだ。

三日前に死んだというなら、シルヴァがレアであるはずがない。レアは十六年前に生ま

レアが表情を変えたのを見て、蛾はレアのこころを読み取ったかのように言った。

「いやいや、冥府でのことと現世で起こることを一緒にしてはいけない。冥府での時間の流れと、現世での時間の流れはまるで違うのさ」

そう言えば、似たようなことをゼフィルも言っていた。ふたつの世界は違うのだと。

「……ここの十六年前と、現世の十六年前は違うってこと……？」

「ここでの三日と現世での三日も違う。どちらが長いか、短いかということではない。まったく違うものなんだ」

「……。……よくわからないわ……」

「どちらにせよ、ゼフィルさまはどうしてシルヴァさまがいなくなったのか忘れておしまいになった。シルヴァさまの最後の言葉も、な。ある日、ゼフィルさまは、シルヴァさまが消えたのを感じ取られた。そうして深い悲しみのなかに沈んでしまわれた。この三日は永遠にも思われたことだろう。事実、永遠に近かった。ゼフィルさまがシルヴァさまのことでお忘れになったことはあまりにも多い。だが、忘れたくて忘れたわけではない。すべて忘れるように、シルヴァさまがゼフィルさまに仕向けられたのさ。シルヴァさまがゼフィルさまの記憶を奪ってしまわれた」

レアは冥府に流れる膨大《ぼうだい》な時の流れを思い、ため息をついた。

「ゼフィルは、自分の血を飲めば冥府の女王として生きていけると言っていたわ……。シルヴァの魂《たましい》に血を飲ませれば、また女王になれるんじゃないの？」

「人間の命と冥府に住む者の命を一緒にしてはいけない。冥府の女王の命は、形を与えられた魂でしかあがなえぬ。人間の命が、命でしかあがなえないように」

蛾の言葉がなにを意味するのかレアにはさっぱりわからなかったが、冥府にも規律のようなものがあるのだろう。

「でも……役目は終わったってどういうこと……。シルヴァの役目って、なに？」

「ウヒヒヒヒ」

蛾が気持ち悪い笑い声をもらした。

レアははじめて寒さを思い出したように身震いした。白い息が口もとにたまり、ゆっくりと立ちのぼる。

冷たさが衣の襟から体の奥に忍び込んできた。

「シルヴァさまには、ゼフィルさまの知らない秘密があるのさ」

「秘密……？」

すぐに蛾は、

「いいや、違う」

と自分の言葉を否定した。

「違うのだ。ゼフィルさまは知っておられる、——少なくともかつては知っておられた。だが、お忘れになってしまわれた。シルヴァさまがゼフィルさまになにもかも忘れさせたのだ。ゼフィルさまも喜んで忘れた。だれしも都合の悪いことは簡単に忘れてしまうものだからな」

レアは唾液《だえき》を飲み込んだ。

「……、……ゼフィルも知らないシルヴァの秘密って一体なに……？」

「知りたいか。シルヴァさまの秘密を。なら、おまえさんの血を少しだけ飲ませてくれ。少しだけでかまわん。ほんの一滴だ。いいだろう？」

「わたしの……血を……」

レアはその場で数歩後ずさり、自分の姿が映る灰色の目をながめた。

レアを受け止めた長い口吻《こうふん》と触覚が物欲しげにうごめき、巨大な羽がささやきをあげる。

「血って……。でも……」

「痛くはないし、どんな害もないよ。少し血をもらうだけだ。ほんの少し。それでシルヴァさまの秘密がわかるんだから安いもんだろう？」

ゼフィルがこころの底から愛するシルヴァの秘密……、そう考えると、レアのなかにいてもたってもいられない興味が沸《わ》き立った。

レアはシルヴァのことなどなにも知らない。

自分にとても似ているが、自分とはまるで違う美しい女で、ゼフィルの言葉によればわがままで高慢だったという。

その女をゼフィルは愛した。

生まれ変わりというぐらいだから、顔以外にもどこかレアと似たところがあるはずだが、肖像画で見た刃物を含んだような美しさはレアにはないものだった。

シルヴァはゼフィルになにを秘密にしていたのだろう。

そんなことを知ってどうなるのかと思うが、好奇心は抑えられない。

「知りたいだろう、シルヴァさまの秘密が。こちらにおいで。教えてやるから。その前におまえの血をほんの少し」

蛾がしなった口吻をまっすぐに伸ばし、管《くだ》になった先端をレアの首に近づけた。

冷たい管が首筋に吸い付いたとき――。

巨大な鷲が黒い翼を羽ばたかせながら飛んできて、レアと蛾の間にわって入るや中空でくるりとまわり、長い剣を手にしたゼフィルへと変わった。

「ゼフィル……！」

ゼフィルは磨き抜かれた剣を蛾の眉間《みけん》に突きつけ、レアと蛾の間に立ちはだかった。

巨大な蛾は灰色の瞳にあからさまな恐怖を浮かべ、大きな羽根をうごめかせたが、飛び立つことはできなかった。

ゼフィルが蛾に冷酷なまなざしを向けた。

「いやしい魔物めっ。レアの血を飲んで現世に返り咲くつもりだったな」

「お助けを……。お助けください、ゼフィルさま……。わたしはただ……」

「だまれっ。きさまを冥府の闇で永遠にさまよわせてやる！」

ゼフィルが蛾に剣を振り下ろそうとした直前。

レアは慌てて蛾の前に立ち、蛾をかばった。

「やめて！　……彼はわたしを助けてくれたの……。わたしの命の恩人なのよ……。……だから、お願い……。やめて……！」

レアは震える唇で言い、おびえを含んだ目で、冷酷にこちらを見つめるゼフィルのまなざしを受け止めた。

闇色の瞳がレアを見る。冷たく、傲慢で、猛々《たけだけ》しく、……シルヴァだけを愛する瞳。

そのなかに、わずかな優しさがある気がしたが、――わからない。

レアは、品定めするように自分を見返す双眸《そうぼう》から視線をそらさず、両手を大きく広げたまま蛾の前に立っていた。

ずいぶん経ってから、

「よかろう」

言って、ゼフィルが剣をおろし、レアは安堵のため息をついた。

「だが、蛾を助ける代わりにわたしの言うことを聞いてもらおうか」

「……あなたの言うこと……って……」

「わたしの命令に従うと誓え。それができないのならば、こやつに罰を与えるまで」

「……、……わかったわ……。あなたの言うとおりにする……。だから……、彼を助けて」

「来い！」

ゼフィルがレアの手首をつかみ、蛾をふり返りもせず真っ暗な闇の果てに広がる扉に向かって歩いていった。

＊

ゼフィルは、レアがもといた部屋に戻ってくると、レアの手を寝台に向かって放り投げた。

レアは寝台に倒れ込み、へりをつたって虎の毛皮が敷かれた床に座り込んだ。

ゼフィルはレアの前にしつらえられた長いすに腰を落ち着け、翡翠《ひすい》色の長衣の下で足を組んだ。

「脱げ」

ゼフィルが冷たい声で命令した。

レアは床に座り込み、動くことができなかった。

「脱げと言ったのが、聞こえなかったのか?」

「……」

「なんでもすると誓ったな。おまえはみずからの誓いを破るのか」

ゼフィルの指が、身震いするほど優しくレアの首筋をなでると、レアは恐怖をおぼえて背後に手を回し、腰帯をほどいた。

指先が硬直し、うまく脱ぐことができないが、ゼフィルは焦《じ》らすような遅さを楽しみ、レアが背中の紐をほどいてブリオーを脱ぎ、シェーンズの肩をおろすまで、レアから視線をはずさなかった。

レアの体が燭台《しょくだい》の炎以外のもので赤く染まり、こきざみにわなないた。若い乳房はきれいに盛り上がり、その先端は固くこわばり赤く色づいている。

ゆるい曲線を描く腰から大腿にかけてはなめらかで、亜麻色の薄い茂みは足の付け根をかろうじて隠していた。

ゼフィルは緊張のあまりゆるく波打つ乳房を見つめ、瞳を下方へと動かし、形のいいへそ、やわらかな腹や誘うような茂み、床にひざをつく白い大腿に焦点をあわせ、思う存分視線でレアを陵辱《りょうじょく》した。

見られているだけで、レアは倒れそうになったが、かろうじてひざをついていた。

ゼフィルはまだレアの体を見つめている。

すぐそばにしつらえられた円卓の上にある水入れをつかんで、ゴブレットにぶどう酒を満たし喉を鳴らして飲んだあと、一口含んでレアのあごをつかみ唇を押し当てた。

これまで飲んだこともないほど濃いぶどう酒がゼフィルの口を通じてレアのなかに流れ込んだ。

レアは勢いのまま飲みくだし、あまりの濃さにむせ込んだが、ゼフィルはレアを逃さず、するりと舌を滑り込ませた。

咳《せ》き込むレアにゼフィルは気づかいも見せず、レアの舌を絡め取る。ぶどう酒がレアのなかで熱い花を咲かせ、一口飲んだだけなのに顔がほてってきた。

もっとも、それは羞恥《しゅうち》のせいかもしれない。

男の前でみずから衣を脱ぐなど、レアにははじめてのことだ。

ゼフィルはレアの唇をむさぼり、吸い上げ、舌を突き入れ、舌先を絡め取った。

レアは体をこわばらせていたが、ゼフィルの舌が動きを変え、レアを誘うように押してはしりぞき、突いては引っ込むと、いつのまにかゼフィルの舌を追っていた。

レアがゼフィルの舌を引きよせ、舌先をくすぐり、唇を吸い上げる。

唇が重なり、舌が密着し、息が熱く絡まった。

自分がなにをしているのか、自分でもわからない。

すぐそばにあるゼフィルの影はレアを圧倒し、レアはゼフィルの腕を強くつかんだ。

抱きつきたい衝動に駆られたが懸命《けんめい》にこらえ、舌と唇から与えられる官能にたえて眉をひそめる。

「ンン……、ン……」

レアはゼフィルの太い腕に両手の指を食い込ませ、大きく息を吸いこんで体のすみずみにまで到達する悦楽《えつらく》を堪能《たんのう》した。

ゼフィルが舌を引っ込め、レアから静かに離れた。

レアは思わず寂しさをおぼえたが、自分から求める勇気はない。

ゼフィルがレアを見てほほえんだ。冷酷な笑みだった。

「足を広げて、自分でしてみろ」

「え……?」

「聞こえなかったか。自分でやれと言ったんだ」

ゼフィルが、閉じていたレアの足をつかんで大きく開かせ、レアは床に尻をついて、寝台のへりに背中をぶつけた。

足首がつかまれ、秘部がさらけ出されると、レアは反射的に足を閉じようとしたが、ゼフィルの力にはかなわない。

ゼフィルはレアの手をつかんで、固く閉じた花弁にさらわせようとした。

「早く自分でしろっ。おまえが喜んでいるところをわたしに見せるんだ」

「……いやよ……、そんなことできない……。そんな……、だめ！」

片方の手を乳房に、反対の手を秘部に押しつけられ、レアは身をよじってあらがった。

いくらなんでもあんまりだ。こんなことできるわけがない。

だが、ゼフィルは寒気がするほど冷たい笑みをにじませ、レアを追いつめるように言い放った。

「これは命令だ。自分でやれ」

レアの目尻に涙が浮かび、一滴だけこぼれ落ちた。

ゼフィルはシルヴァにも同じことをさせたのだろうか、とふと思う。

いや、そんなはずはあるまい。

ゼフィルには、シルヴァがいやがるようなことはできなかったはずだ。

では、なぜ自分にはこんなことをするのか。

身代わりだから。

レアはシルヴァの代わりでしかないから。

ゼフィルが本当に愛しているのはシルヴァで、レアではないから……。

一滴、また一滴、レアの頬を涙がつたい、レアは唇をかみしめて、自分に与えられる屈辱をこらえた。

レアは、震える手で自分の乳房を揉《も》み、もう片方の手を秘部に当てた。しかし、どうしていいのかわからない。

慣れない手で乳房をつかみ、秘裂に指を這わせるが、こんなことはしたことがなく、自分のなかに指を入れるのは恐くてできなかった。

レアが青ざめた顔で自分を愛撫《あいぶ》するのを見て、ゼフィルは苛立《いらだ》たしそうに眉をひそめ、レアの乳房をわしづかみにして引きよせた。

「おまえはなにをしてるんだ。やり方ぐらいわかるだろう」

「知らない……。なにも……。こんなの……わからない……」

ゼフィルは乳房をつかんでいた指から力を抜いて優しくこね上げ、秘部に当てていたレアの手に指を重ねた。

レアの気持ちをときほぐすように、秘裂にそってレアの指を動かしていく。下まで到達すると、また上へ動かし、また下へ。

指にあわせて秘部が跳ね上がるのが、レアの手と下腹の底につたわった。

レアの手のひらを使って何度も行き来をくり返し、その上からゼフィルの手があてがわれる。

自分の手の下で秘部が息づき、次の行為を待ち望んでいた。

ゼフィルは手のひらに力を込めて、レアに秘部を揉みしだかせ、レアはゼフィルの手に合わせて秘部に手のひらをこすり合わせた。

突起の先端が手のひらにふれ、蜜《みつ》に濡れた花びらがいやらしい音を立てる。やがて、ゼフィルはレアの手の下に自分の指をもぐり込ませ、直接秘裂《ひれつ》を揉み込んだ。

「ん……ふぅ……」

ゼフィルにふれられると、自分の手では得られなかった快楽が背中を震わせ、レアの内股がほどけていった。

ゼフィルが秘裂の左右にある肉を突起ごと大きくつかんで圧迫し、突起をつぶすような勢いで秘裂を揉み込んだ。

どれだけ力を込めても、秘裂ごしの愛撫は甘い優しさを与え、レアは力を失い前のめりに倒れた。

「あっ……」

ゼフィルが受け止めてくれると思ったが、ゼフィルは体を移動してレアをうつぶせに倒し、前方から手のひらを動かした。

さっき流した涙の粒が、床に敷かれた虎の毛皮の上にしたたり落ちた。レアは瞬《また》きしたが、もう目尻に涙はない。

ゼフィルは手のひらを突起の先端にこすりつけて秘裂を揉みしだき、反対の手で乳房をこね上げ、乳首をつまみ、レアの首筋に唇をあてがった。

「あ……ぁっ……」

レアは小さな声をあげ、恥ずかしさにたえきれず、手の甲を歯で噛《か》んだ。

さっきまで自分はあらがっていたはずだ。

ゼフィルに恐怖を感じ、おののいていた。

なのに、いまは、ゼフィルのなすがままになり、喜びの声まであげている。

はしたない女だと思う反面、何度も聞かされたシルヴァの姿が眼前に浮かび上がり、シルヴァが自分を見てほほえんでいる気がして、体を硬直させた。

ゼフィルがいったん内股から手を抜き、後方から指を入れて秘裂をさぐりはじめた。

泡立つようなレアの髪を指でときほぐして胸の前へとおろし、舌を伸ばして背筋にそって這わせていく。

「ン……、……」

舌がわずかに動くたび、レアの背中が跳ね上がり、秘部が大きくけいれんした。

レアは敷物《しきもの》にうつぶせになって両手を縮こまらせ、ゼフィルの愛撫を受け止めた。

「わたしの言うことを聞くと言ったのに、結局なにもできなかったな。どうしようもない女だ」

「だ……、だって……、こんなこと……」

「シルヴァは違ったぞ。わたしの望むことはなんでもした。どんなことでも」

「……、……わたしはシルヴァじゃないもの……」

「こんなにいやらしい体をしておいてか。ここはもうわたしがほしくて、ひくひくしているぞ」

「あっ……」

ゼフィルの指がこきざみにうごめく蜜口にふれた。指先を忍び込ませ、レアが反発してこないのを確認して、浅い部分を突いていく。

ゆっくりと突き入れ、優しく出し、また浅くつき、いろんなところを押すように刺激した。

レアの背中が跳ね上がり、レアが体を引きつらせると必ず同じ部位に指を進めた。

「ん……、ふう……」

指を回し入れ、浅く、深く、強く、弱く、あらゆる箇所を押し開き、レアが声を押し殺して悦楽にたえているのを見て、指を鉤《かぎ》状に折りまげ、指の腹で掻き出した。

やがて秘部が物欲しげにうごめくと、二本目の指を入れていき、奥深くへと侵入する。

「あ……ひっ……、ん……」

まだ慣れない痛みがあったが、秘部はゼフィルを求めてうごめき、レアのなかにほしいという気持ちがわき上がる。

体がこんな風に反応するなんて知らなかった。

自分の体が自分のものではないようだ。

恥ずかしいと思うのに、気持ちを抑えられない。

いやなはずなのに……。こんなこと……。

ゼフィルが二本の指を出し入れし、なるべく浅い部分を突きながら、ときおり深くに入ってきた。

やがてゼフィルの指に蜜がまとわりつき、花弁がほころび、体がさらなる欲望を求めてゼフィルを強く締め上げる。

ゼフィルは浅い部分を何度も執拗に攻め立て、指の腹でレアの気に入った部分を掻き出し、ときどき親指で突起をもてあそび、レアを官能の頂点へと導いた。

「ンン……、あぁ……」

レアの背中がしなりはじめ、ゼフィルが押さえ込むように背後からレアを抱きしめ、懸命に背筋をなめていく。

レアの秘部がうごめき、ゼフィルが指を進めるたび、いやらしい音がレアにも聞こえ、レアは恍惚《こうこつ》とした喜びを感じて身もだえした。

自分が、快楽に奪われていく。

シルヴァも、シルヴァの秘密も、ゼフィルがシルヴァしか愛していないことも、どうで

もいい、――そんな気持ちがレアのなかにわき起こった。

たとえシルヴァの身代わりであったとしても、……ほんの少しだけ自分を愛していてくれれば……。

ほんの少し……。

「あ……、ふ……、んんっ」

熱い波がこみ上げてレアをどこかへ衝き動かし、ゼフィルが指を掻き出した瞬間、なにかがレアのなかではじけ飛び、とろけるような快感をおぼえて、レアは毛皮の上に倒れ込んだ。

秘部が何度もうごめき、レアの興奮をつたえ、レアは激しく胸を上下させて、気持ちを落ち着けようとした。そのとき。

ゼフィルが長衣をたくし上げ、熱くたぎった局部を取り出し、先端をレアの唇にあてがった。

「なめろ」

「え……」

「なめろと言ったのが聞こえなかったのか。早くくわえて、口でわたしを喜ばせるんだ」

レアはむせかえるような男の匂いに圧倒され、顔をしかめて、閉じていた唇をそろそろと開いた。

その瞬間、ゼフィルが先端をレアの口にねじり込み、レアは大きくむせかえった。

「絶対に噛むなよ。口で吸って、舌でなめるんだ」

レアは涙混じりの目でゼフィルをとらえ、わずかな泣き声をもらして、懸命に局部を吸いこんだ。

どうしていいのかわからないが、ゼフィルの言ったとおり、先端を口に含んでちろちろとなめ、懸命に吸っていく。

ゼフィルがレアの頭をつかんで、熱杭を喉の奥まで押し込み、腰を前後に動かした。

ゼフィルが動くたび、レアは顔をしかめ歯を立てそうになったが、なんとかこらえ懸命になめた。

張り出した部位に舌をあわせ、透明な液のもれる先端を舌でつつき、先端の裏側に舌を這わせる。

慣れない動きで丹念に舌を這わせると、ゼフィルが小さな吐息をもらし、レアの涙を見てゆっくりと腰を引いた。

そのとたん、レアは大きく咳き込んだ。

「こっちを見るがいい」

レアは床にひざを立てたまま、涙のにじむ目をゼフィルに向けた。

「おまえはこれが大好きなんだろう？　好きなら、好きと言ったらどうだ」

ゼフィルが熱杭でレアの頬をなでた。

脈打つ熱い塊で頬を打たれると、ぞわぞわとした悪寒とも悦楽ともつかぬ感覚が押しよせ、レアは涙を飲み込んだ。

ゼフィルが熱杭に手をそえたまま、ゆっくりと下方に動かした。先端がレアの頬を通って、あごへ、喉から乳房へと移動する。

興奮した先端が乳首をとらえると、レアは身もだえするような官能をおぼえて歯を食いしばった。

ゼフィルがレアの首をつかんで細い上体を引きよせ、先端から出る液を塗り込めるように熱杭で全身を探っていく。

張り出した部位が腹をなぞり、へそをくすぐり、下腹を通りすぎると、レアは体をわななかせた。

さらに、ゼフィルは先端でレアの茂みをときほぐし、レアが入れられる……と思った次の瞬間、レアの腰をつかんで裏返し大腿を引き上げた。

勢いのまま、レアの顔が毛皮にうずもれ、尻だけが高々と持ち上げられる。

ゼフィルの前に、行為によって変化したいやらしい部位がむき出しにされた。

「いや……！」

レアは恥ずかしさのあまり身じろぎしたが、ゼフィルはレアの尻をしっかりとつかんで離さない。

「いや……、こんな格好……。離して……、離して……！」

「なんでもすると誓ったのを忘れたか。自分でできないのだから、このぐらいがまんしろっ」

ゼフィルに厳しく叱咤され、レアは毛皮の上でこぶしを握りしめ、恥ずかしさにたえた。

ふと、さきほど自分のなかに訪れた気持ちの変化がどこから来たのだろう、と思い悩む。

自分はなんと考えたのだろう。――そうだ、この男がほんの少しでもレアのことを気にかけてくれるなら……。

もし、そうなら……。

――なぜ、そんな風に感じたのか。

この男が愛しているのはシルヴァで、ゼフィルは決してレアを愛してはいない。

そう思うのに、どこかで自分を愛してくれていたら、という気持ちがある。

ほんの少しだけでもレアのことを想っていてくれるなら、……冥府にとどまるのもいいかもしれない。

「あ……、はぁっ……！」

ゼフィルが、高く突き出された尻に張り出した先端を押し当てた。

レアはその大きさに身震いして、背後から突き入れられる恐怖にたえきれず全身を硬直させた。

尻だけをかかげた格好はこらえがたい羞恥心《しゅうち》をもたらし、すべて見られていると思うとめまいがしたが、意に反して体は喜びを感じ、先端が突起に当てられると悦楽をおぼえて背筋に甘い戦慄《せんりつ》が走った。

ゼフィルは、先端から出た液をレアの蜜となじませるように何度も動かしていき、レアの気持ちが落ち着くのを待った。

先端が秘裂を行き来するたび、レアの体がこきざみに震え、レアは涙をにじませ顔をゆがめた。

早く終わらせてほしい、と思った。なにもかも早く終わらせて、永遠の安息に引き込まれてしまえばいい。

そうすればすべて終わる。ゼフィルともお別れだ。

永遠の別れ……。

「……早く……して」

消え入りそうな声でレアがそう言ったとき、ゼフィルが口をゆがめてレアの秘部に先端を突き入れた。

「ひっ」

レアは新たな痛みをおぼえて背中を引きつらせ、全身をこわばらせた。ゼフィルがレア

のしなやかな背をなでながら、

「力を抜け」と言った。

ゼフィルが狭い蜜口を破るような勢いでレアのなかに先端を押し進めると、くびれまで収まり、しばらく動かないでいた。

レアは不慣れな痛みをこらえると同時に、なにかがあるべき場所に戻ったような安堵を感じた。

ゼフィルが腰を動かしていく。

はじめは、ゆるく、優しく。

やがて、勢いよく奥まで差し貫いたあと入口近くまでゆっくりと抜き、すばやく差し入れた。

「ンン……、あ……」

レアの反応をうかがいながら、入口を攻め立て、えぐり、先端でこすりあげる。

入口でこきざみな浅い動きをくり返し、レアが押し殺した声をもらすと、深部を圧迫し奥まで突き入れた。

後ろからの感覚は、前から突かれるのと違ってこころもとなく、自分が本当にいやらしい女になってしまったようだ。

体のすべての神経が高く持ち上げられた部位に集中し、なにも考えられなかった。

「あぁ……、ンふ……」

ゼフィルは声を押し殺すレアの横顔をながめ、下方にこぼれ落ちる乳房をすくい上げて、縦横無尽《じゅうおうむじん》にこね回した。

乳房がつかまれると、新たな快楽が燃え上がり、秘部が喜ぶように熱杭を締め上げる。

ゼフィルは片手で両方の乳房を中央に集めて揉みしだき、開いた手で結合部の上方にある突起をもてあそんだ。

「あっ……、そんな……」

快楽をおぼえるすべての箇所から官能がこぼれ落ち、レアのなかを満たしていく。

羞恥の壁はとっくに崩れ去り、恥じらいも、不安も忘れて、悦楽の波にさらわれた。

「いい体だ。よく締まる。それにどこも感じやすい。ここも、ここも。ここも」

ゼフィルが乳房から手を離して、耳朶、首の後ろ、脇の下、背中にそって指を這わせた。

指先が新たな箇所にふれるたび、レアの体が跳ね上がり、レアの秘部が引きつった。

ゼフィルはレアの感じるところを探してゆっくりと腰を回し、いろんなところをかき混ぜ、先端の張り出した部位で膣壁《ちつへき》をえぐった。

「はぁ……、やっ……」

ゼフィルの動きは優しく、本当にレアを愛しているというようだ。

レアだけを。

だが、違う。

すべてはシルヴァに捧げられた行為。

この男のこころをシルヴァから自分に向けることはできるだろうか――。

レアは熱夢に浮かされながら、ぼんやりと思った。

シルヴァへの愛を自分のものに……。

なにを考えているのだろうとふと気づく。

冥府の王の愛を手に入れたところで、どうなるものでもない。

自分はこの男のことなどなにも……、――なにひとつ知らないのだ。

ゼフィルがレアの乳房を両手でつかんで、レアの上体を持ち上げた。

背後からレアを抱きしめたまま、床にひざをつき、レアの首に背後から顔を埋める。

ゼフィルの目が見え、レアはゼフィルの頬に手を伸ばした。

「あなたの目は……、闇みたい……」

「おまえの目は宝石のようだよ」

「違うわ……。わたしは……」

ゼフィルがレアを容赦なくうがち、レアは「ひっ」と喉を引きつらせた。

ゼフィルが腰をおろすと、レアはそのひざに尻を乗せることになり、熱杭がレアの体重で奥へといざなわれ、レアの深部を突き刺した。

ゼフィルは腰を容赦なく動かし、下からレアを突き上げ、レアは大きく首を振った。

「い……、いや……。……恐い……っ」

レアが激しく首を振ると、ゼフィルが腰を持ち上げてレアの体を優しく前に倒し、レアは犬のような格好で四つんばいになった。

さっきとさほど変わらないが、慣れてきたせいか恥ずかしさは和らいでいる。

ゼフィルはレアの手を、肩を、脇を、乳房を、背中を、ふれることのできるあらゆる部位をなで、レアの緊張をときほぐし、浅い部分をゆっくりと突いてすばやく抜き、勢いよく突いて優しく抜いた。

体中が手のひらで愛撫され、内壁をえぐられ、前後に動かされ、さらに角度を変えていろんな箇所をこすられると、レアのなかに混じりっけのない官能の熱がわき起こり、次第に大きくなっていった。

痛みはあるはずなのに、それ以上の快楽がレアを衝き動かしていく。

レアは知らず知らずのうちに腰を揺らめかせ、ゼフィルの動きにあわせていた。

やがて、めくるめくような満ち引きがレアを高みへと導いた。

ゼフィルが強く突き、ゆっくりと出し、下方から入れて膣壁をこすり、上方に向かって抜いていく。

ゼフィルが腰を回し入れるとさまざまな部分が刺激され、しびれるような快楽がレアのなかにこみ上げた。

レアの腰がいやらしくゼフィルを求め、ゼフィルはレアの望むままレアを突き上げ、開いた手で乳房を揉み込み、乳首をつまんで、さらに強くレアを突いた。

「……、……ん……、あ……、あぁっ！」

ゼフィルが激しくレアをうがつと、レアは小さな声をあげて天へとのぼりつめ、しばし体を突っ張らせて、自分のなかに起こった快楽の余韻《よいん》を味わった。

ゼフィルはレアの首筋をなでてから、ふたたび奥に突き進めて動かし、レアのなかに熱い精を放った。

レアは自分のなかに満ちた命の片鱗《へんりん》を感じながら、毛皮のなかに倒れ込んだ。

＊

目がさめると、寝台に横たわっていた。

そばで、ゼフィルが眠っている。

燭台の炎が揺らぎ、ゼフィルの上で朱色の陰影を揺らめかせた。

レアはゼフィルの寝顔を見つめていた。

そろそろと手を伸ばし、頬にふれる。

目を閉じているときのゼフィルは、目を開いているときより若く見えた。

ゼフィルの瞳の奥底に眠る何千年もの深い孤独が閉ざされているからか。

それでも夜色の髪は光り輝き、彼が冥府の王だと知らしめている。

自分はこの男に愛されていない。

ふと、レアのなかにそんな気持ちがわき起こった。

それは切ない悲しみだった。

なぜこんなにつらいのか自分でもわからない。

ほとんどなにも知らない、恐ろしい冥府の王に、――傲慢で、冷たく、亡き妻をこころから愛しているという男に自分は惹かれているのだろうか。

愛されていないというのは、つらいことだ。自分が否定されているようにも感じる。

自分と同じ顔をしたシルヴァを愛しながら、レアのことは愛してくれないなんて。

レアの体を探りながら、いつもその後ろにいるシルヴァの幻影を見ているなんて。

これほどの苦しみがあるだろうか。

レアのなかに浮かんだのは、自分もシルヴァのように深く愛されたいという気持ちだった。

死した妻をなお求め、その生まれ変わりにまで自分を捧げるほど深く、強く愛されたい。

身も心も奪われるほど、強く、激しく。

優しい夜のように、温かい闇のように。

シルヴァを愛するほど、――いや、それ以上に熱くレアを求めてほしい。

クラウスは一度もレアを愛してはくれなかった。

レアもクラウスを愛さなかったのだから仕方ない。

こころがとろけそうなほど深く愛されるということは女にとって至上の喜びだ。

だが、父の決めた夫に嫁ぎ、子を産むことがもっとも大切な妻の役割とされるこのご時世では、夫やいいなずけに愛を期待するのはばかげたことだと言えた。

それゆえ、だれかにこころの底から愛されたいという願望はレアのなかに強く息づき、ゼフィルが激しくシルヴァを求め、情熱的にレアを抱くたび、レアの感情にさざ波を立てた。

では、レアはゼフィルを愛しているだろうか。

この男の瞳はレアを惹《ひ》きつけて放さない。この男に見られていると、闇に抱きしめられている気がする。

ゼフィルの抱擁《ほうよう》は優しく、温かく、どうしてもあらがうことができなかった。

自分も彼を愛したい、とレアは思った。

自分も愛したい。彼の愛を全身で受け止め、身も心も投げ出したい。

だれかの身代わりとしてではなく、レアとしてゼフィルに愛され、その愛情をあますところなく受け取り、また愛を与えたい。

自分のなかにある与えられるだけの愛と情熱を捧げたい――。

レアは体のなかから立ちのぼる炎のような熱を感じ、寝台から起きあがった。

なめらかなゼフィルの頰をなでたあと、床に落ちた虹《にじ》色のシェーンズを着て寝台をおり、壁に立てられた鏡の前に立った。

青ざめた少女が鏡に映っている。

琥珀《こはく》色の瞳は陰り、唇はわずかに震え、いかにも不安そうな表情だ。

反対の壁にかかったシルヴァの肖像とどうしてこんなにも違うのか。

「人違いよ……。どうしたってわたしはこんなに美しくなれないもの……」

それでも、ゼフィルがレアを愛してくれるというなら……。

シルヴァではなく、レアを一度でも見てくれるなら――。

レアは唇をきゅっと結んで、鏡に背中を向けようとした。

そのとき、ふとあることに気づいて前を向いた。

鏡のなかの自分はその前に立っている自分と、どこか違う。容姿ではない、べつのなにか……。

「流れ星……、流れ星がないわ……」

レアはシェーンズの胸の前に鎖につないだ流れ星をたらしていたが、鏡に映るレアは流れ星を持っていなかった。

レアは自分の胸元を見返して、流れ星があるのを確認し、もう一度鏡に目を向けた。

すると、不思議なことが起こった。

鏡のなかにいるレアから燦然《さんぜん》としたまばゆい光が放たれ、レアは思わず顔をそむけて目をつぶった。

光が静かに治まり、目を開くと、鏡の向こうに驚くほど美しい女が立っていた。

亜麻色の髪は輝きながら背中をおおい、眉毛は顔立ちを引き立て、琥珀色の瞳は自信に満ちあふれている。

鼻は完璧な高さを誇り、唇は濡れたように赤く、高い頰骨も、細いあごの曲線も、女のもつ美を強調させた。

レアは息を飲み込み、その場で数歩しりぞいた。

そこにいた女は美と精妙《せいみょう》さをかねそなえた、あらゆる芸術作品をしのぐ神の創造物だった。

そして、なによりレアが驚いたことに、その女はレアと同じ造形をしていた。眉も、目も、鼻も、口も、すべてレアと同じだったが、内面から放たれる信念が女をレアとはまったくべつの存在に仕上げていた。

レアは渇いた喉を唾液で潤し、かろうじて言葉を紡ぎ出した。

「……あなた……、まさか……」

シルヴァ。

ゼフィルの最愛の妻。

レアがそれ以上なにも言えずに立ちすくんでいると、鏡のなかからすーっと女が歩いてきた。

もう鏡の向こうにレアは映ってはいなかった。

シルヴァがそばに立っていた。

鏡から出てきたシルヴァから背後の景色が透けて見える。

シルヴァは霧のようなはかなさを放っていたが、それでもレアを見る目は鋭く、冥府の女王にふさわしい高慢さにあふれていた。

「……あなたは……、シルヴァ……。シルヴァね……」

(そうよ、わたしはシルヴァ。ゼフィルの妻)

レアの頭のなかで声が聞こえた。たしかに頭のなかから聞こえた。

ここにいるのは、シルヴァの魂だ。ついこのあいだ、みずから消えたというシルヴァ。

七日のあいだ、魂は冥府にとどまっているとゼフィルは教えてくれた。

となれば、シルヴァがいまここに出てきてもおかしくはない。

自分がどうして死んだのか、シルヴァがゼフィルに忘れさせたとあの巨大な蛾が言って

いた。

シルヴァがなぜそんなことをしたのかわからないが、なにか理由があるのだろうか……。レアのあずかり知らぬ理由が。

七日の間なら、ゼフィルはシルヴァの魂に形を与えることができるはずだが、冥府の女王となればちがうのかもしれない。

ゼフィルの血を飲ませても、死した冥府の女王をまた冥府で生き返らせることはできないという。

冥府の女王をよみがえらせるには、たしか——。

シルヴァがすべるような足取りで、寝台に眠るゼフィルのそばに近づき、さっきレアがしたようにゼフィルの頬を優しくなで、唇を頬に近づけた。

唇がふれる直前で、シルヴァがこちらを向き、レアを見つめた。

レアの鼓動が跳ね上がり、苦しみが押しよせた。

(彼はわたしのものよ……。あなたには渡さない……)

シルヴァの瞳が妖しく光る。自分とはまるで違う輝きにレアは不安と痛みをおぼえた。

「やめて……。彼にさわらないで……」

思わずそう言っていた。

ゼフィルはシルヴァを愛し、シルヴァもゼフィルを愛している。

ふたりのなかにわり込むことはできないだろう。

そうは思うが、こころのなかに生まれた苦しみはレアを激しく焦がした。

これは嫉妬《しっと》なのだろうか。

どうして自分は彼女に嫉妬しているのだろう。

ゼフィルは、自分のなかに亡き妻の面影《おもかげ》ばかり追う男なのに。

目の前にいるのは、レアではなかった。生まれ変わる前の自分では決してない。

シルヴァと自分は別人だ。

レアはそう確信し、決意を固めるように流れ星を握りしめた。

「あなたはもう死んだのよ……。冥府で死んだの」

シルヴァがゼフィルから離れ、レアのそばに近づき、レアをしみじみと見つめた。

(わかるでしょう? あなたはわたしではない。わたしがあなたではないように。あなたになにができるというの? 彼を癒《いや》すことも、喜ばせることもできない)

シルヴァが薄いシェーンズから透けたレアの体を見てあざ笑い、レアは唇をかみしめ屈辱にたえた。

(あなたは消えるのよ。わたしの代わりに……。わたしとなって。わたしは冥府の女王。わたしはあなたの魂を得て、ふたたび冥府によみがえる……)

シルヴァがレアに近づき、レアの魂を奪い去ろうとするようにレアの頬に手を伸ばした。

そのとき。

ゼフィルが薄く目を開き、眠そうに瞬きした。

レアはゼフィルのわずかな声を聞いて、寝台に向きなおった。シルヴァも一緒に目を向けた。

「どこにいる……?」

ゼフィルがそばにいない相手を探すように言い、薄く開いた瞳をあげ、手のひらを差しだした。

レアに向かって――。

レアの鼓動が高鳴った。レアはどうしようか迷ったが、そろそろと寝台に近づき、ゼフィルの手に指先を乗せた。

体のなかにひそやかな歓喜が行き交い、レアは自分が喜びをおぼえていることに驚いた。

ゼフィルがシルヴァではなく、自分を求めてくれたことにどうしてこんなにこころが踊るのだろう。

それとも、ゼフィルにはシルヴァが見えないのだろうか。

シルヴァはすぐそばにいるというのに。

レアは、立ちすくんだままのシルヴァを見た。硬直したシルヴァの目からは、なにも読み取ることはできなかった。

ゼフィルの手がレアの髪をなで、背後からレアの体に腕を回した。

レアが寝台に横たわりゼフィルのやわらかな抱擁を受けるのを見て、シルヴァの影が揺らぎ、太陽にあたった霧のように粉々に砕《くだ》けてどこかへ消えた。

レアは少しほっとして、ゼフィルの手に体をまかせた。

ゼフィルがレアの首筋に唇をあてがい、背後から優しく抱きしめる。

レアはたくましい腕の感触に身震いするような心地よさをおぼえ、ゼフィルの腕にすっぽりと収まった。

さきほどまですぐそばにいたシルヴァの視線を思い出し、焼けるような胸の痛み、わずかな喜び、シルヴァへの共感がもたらす切なさがレアの胸に渦巻いたが、ゼフィルの体温を感じると、なにもかもどうでもいい気がした。

こんな風に、男に抱かれて気持ちいいと思うなんて。

だが、ゼフィルの抱擁は優しく、甘く、夜の闇に抱かれているように温かい。

どこかで会ったという気持ちはますます強くなり、レアは過去の奔流《ほんりゅう》に目を細めたが、なにも浮かんでは来なかった。

ゼフィルの吐息が首筋にかかると、ひそやかな愛撫に身震いする。

ゼフィルは何度もレアの髪をときほぐし、指が髪を絡め取るたび、レアはくすぐったさをおぼえ、体中の力を抜いてゼフィルに身をゆだねた。

だれかと一緒にいることがこんなに気持ちいいなんて知らなかった。

自分のなかにある壁がすべて取り払われてむき出しになる。無防備な自分をさらけ出し、なおかつこころよい安堵を感じて吐息をつく。

ゼフィルの体に頬を寄せると、レアの大好きな夜の香りが鼻先をくすぐり、自分のなかを満たしていった。

ゼフィルに抱きしめられていると、夜に守られているようだ。

優しい夜に。彼は夜のあるじだから。

ゼフィルがレアの耳に唇を這わせた。指先でレアの口唇の輪郭《りんかく》をなぞり、レアは思わずゼフィルの指を口に含んだ。

さして知りもしない男にこんなことをするなんて、自分でも信じられなかった。それでも、レアはこころの底からくつろぎ、ゼフィルから与えられる快楽をあますところなく受け取った。

レアはゼフィルの指先に接吻《せっぷん》し、壁にかかった鏡に目を向けた。あのなかには、いまもシルヴァがいて、こちらを見つめているだろうか。

シルヴァは自分ではないという気持ちがまた胸の奥からこみ上げた。

わたしはシルヴァの生まれ変わりじゃない。わたしはシルヴァの身代わりじゃない。

わたしはわたし。レアだ。

もしレアとシルヴァが同じ人間だったのなら、シルヴァがあんな敵意のこもった目でレアを見るはずがない。

レアに手を伸ばしたゼフィルを見て、悲しみに満ちた表情をすることも。

それとも、いつか自分はシルヴァになってしまうのだろうか。

ゼフィルの愛を思い出したとき、シルヴァとしての記憶が戻り、レアであったことを忘れるのか。

ゼフィルの愛――。

彼の愛はすべてシルヴァに向けられたものだ。

そう思うが、もしかして……という気持ちが抑えられない。

いまゼフィルはレアを抱きしめ、首筋にゆるい接吻をくり返している。

レアを愛しているというように。

ゼフィルへの恐怖はまだ完全に払拭《ふっしょく》されてはおらず、冥府の王は恐ろしいと思うが、もし彼がレアを愛していると言うなら……。

レアをこころの底から愛していると言ってくれるなら……、――彼の血を飲んでもいい。

彼の血を飲んで冥府の女王になり、彼とともにここで暮らす。

冥府での生活は、地上で暮らしてきたレアにとって途方もないできごとのように思えたが、ゼフィルがそばにいれば、それもいいと思えた。

自分はゼフィルを愛しているのだろうか。

どこを？

冷酷で、身勝手で、レアの気持ちを少しも考えないこの男のどこを愛しているというのだろう。

惹かれているのは……、——まちがいないようだ。

いまさら認めないわけにはいかない。

だが、どこに惹かれているのかわからなかった。凍《こご》えるような美貌《びぼう》だろうか。それとも、冥府の王という自分には想像もできない地位だろうか。

レアは自分を抱きしめる温かさにすべてをゆだね、目を閉じた。

レアが惹かれているのは、ゼフィルのもつ激しい熱情だった。

自分もシルヴァのように愛されたい。

自分の命さえ惜しくはないと思えるほど。

ゼフィルに会うまで、愛という感情があんなにも猛々しく、熱く、甘美なものだとは知らなかった。

あんな風にすべてを奪われてしまいたい。

そして、自分もゼフィルを愛したい。ゼフィルが愛するのと同じ強さで。いや、それ以上の激しさで——。

たがいがたがいのためだけに存在し、たがいの愛だけがすべてである関係。――それはレアのなかでこれまで考えたこともなかった究極の愛に思えた。

なにをしても許すことのできる一対。許しのなかに愛と癒しがあり、たがいがそれを与えられるという姿は、神のめざした愛の理想にちがいない。

そんな関係が、ゼフィルとだったら築けるような気がする。

だが、レアがゼフィルを求めるのは、それだけではなかった。

――彼はわたしのものよ……。あなたには渡さない……。

そう言ったシルヴァの双眸がよみがえる。挑戦的なまなざしでレアを見つめ、当然のようにゼフィルによりそったシルヴァ。

なぜ彼女がレアのもとに出てこられたのかはわからないが、シルヴァのことを思い出すたび、嫉妬とも苦痛ともつかぬ感情がわき起こり、レアのこころをかき乱した。

シルヴァにゼフィルを渡したくはない、あんな女に負けたくはない、と強く思う。

たしかに、シルヴァはレアとは違って美しい。だが、もうここにはいない女だ。

そんな女にゼフィルを取られたくはない、――そんな気持ちがレアを衝き動かしていた。

ゼフィルへの愛情が盛り上がるほど彼に対する独占欲も増し、ゼフィルの愛をどうしても自分に向けたいという気持ちがレアのなかにわき起こった。

レアは背後から接吻をくり返すゼフィルに目を向けた。ふたりの視線が絡み合い、まどろみのなかにあるゼフィルの双眸《そうぼう》がレアをとらえた。

レアはゼフィルの名を呼ぼうとして、わずかに口を開いた。

そのとき、すーっと扉が開き、白いもやが水差しをもってやって来た。ぶどう酒の入った水差しだ。

扉の近くにある円卓の上の水差しと交換し、魂は出ていった。

「魂が働いてる……。でも、そのうち消えるのね……」

レアがぼんやりした声で言うと、ゼフィルがレアの耳元で口を開いた。

「わたしにはなにも見えん」

「……、……魂が見えないの？」

「ああ」

「魂とお話ししたりとか……」

「むりだ。わたしは玉座にひとりで座り、魂をよりわけるだけ。魂を感じることはできるが、それだけだ」

そう言ったゼフィルの言葉には計り知れない孤独が宿っていた。レアはゼフィルの頬にかかった髪を耳にかけ、闇色の瞳の奥に眠る熱情と寂しさを探った。

「でも、シルヴァがいたんでしょ？　あなたとずっと一緒に……」

「ずっとではないさ……。シルヴァがここへ来たのは……、……最近だ。十年前か、二十年前か……。そんなに昔のことではない」

「シルヴァにもあなたの血を飲ませたの？」

「さぁ……、どうだったかな……」

「シルヴァのことはなんでもおぼえてるんだと思ってた」

ゼフィルが軽く自嘲《じちょう》した。

レアは、蛾の言葉を思い出した。ゼフィルが忘れているシルヴァの秘密。

それがなにかゼフィルに訊きたい気持ちに駆られたが、忘れているものをわざわざ掘り起こすことはない。

「どのくらいひとりでここにいたの？」

「千年か……、二千年か……、そんなところだ……」

「そんなに長く？」

レアはゼフィルのなかに沈み込んだ果てしない深淵《しんえん》を感じ取って身震いした。二千年もひとりでいるなんて、レアだったらたえられないだろう。

両親が亡くなり、レアはひとりきりになったが、子ども同然とは言わないまでも伯父夫婦が相応な関心を払ってくれたし、五人の兄弟もいた。

料理や裁縫《さいほう》、畑仕事などで日々あくせく働いていると気持ちもまぎれた。

なにより、レアには夜があった。日が暮れるといつも必ず夜がいて、レアを優しく包んでくれた。

「そんなに長い間ひとりなんて……、――寂しいね……」

ゼフィルがレアを抱く手に力を込めた。レアはゼフィルの腕からもたらされる圧迫感に息がつまるような熱を感じた。

ゼフィルがシェーンズの襟を広げて肩にすべらせ、シェーンズを脱がせた。レアは少しだけ抵抗したが、ゼフィルの手が優しくシェーンズをおろしていくと、高鳴る鼓動を落ち着けるように深呼吸して力を抜いた。

ゼフィルがレアの体を自分に向け、ふれるだけの接吻をした。

ゼフィルの息がかかり、くすぐったい。

そのまま、ゼフィルは顔を下へと動かしていく。

あごからのど元へ、鎖骨から、乳房へ。

ふれるかふれないかの距離で乳首を通りすぎたあと、浮き出たあばらを唇の表層でなぞり、下腹へと移動する。

へその下に吐息を感じると、レアは妖しい刺激にたえきれず身じろぎした。

ゼフィルの唇が茂みの上を優しくなでた。

「あっ……」

レアは思わず足を閉じたが、ゼフィルが優しい力でレアのひざをつかみ、左右に開かせた。

「……だめよ……。恥ずかしい……」

レアは頬を染めて言い腰をよじったが、ゼフィルはレアの大腿をなでさすり、レアの気持ちを静めていった。

指先と手のひらで内股から大腿、ふくらはぎから足の裏まで丁寧になでながら、闇色の目はまっすぐレアをとらえている。

濁りのないまなざしは本当にレアを……、――レアだけを見ているようで、いつしかレアの緊張がほぐれ、レアは焦《じ》らすような動きで両足を開いていた。

ゼフィルはレアがこわごわ足を開いたのを見て、指先で軽く秘裂《ひれつ》をなでた。

レアのなかにしびれるような心地よさが訪れ、ゼフィルが内股をつかんでレアに顔を近づけた。

レアはゼフィルがしようとしていることに驚き、ゼフィルの動きをとめようとしたが、どうしたら彼をとめられるのかわからない。

レアが戸惑っている間に、ゼフィルはレアの内股に顔をうずめ、秘裂に優しく口づけした。

「あ……っ！」

レアは悲鳴ともあえぎ声ともつかぬ叫びをあげ、慌てて口を手のひらで押さえた。

ゼフィルはレアの大事な部分に接吻したまま動かない。秘裂に吹きかけられる息は甘い刺激となってレアの下腹を通りぬけた。

「そんなこと……、だめ……。そんなところを……、そんな風に……」

「いやなのか?」

「……いや……、……じゃない」

そう言った瞬間、顔に全身の血が上ったような熱さを感じ、下唇をかみしめた。

ゼフィルはレアの反応に満足して、ふたたび秘裂に接吻した。

「ん……」

秘部が待ちかねるように何度もうごめき、レアのなかに興奮をつたえる。

レアがたえがたい声をもらすと、ゼフィルは舌を伸ばして秘裂を上下になめていった。

左右の花弁の付け根、盛り上がった肉、秘裂の中心部、あらゆる部位を何度もくり返しなで上げ、なで下ろしていく。

閉じきったままの花弁やその中心が舌で愛撫しつくされると、なかから蜜がこぼれ落ち、寝具を濡らした。

ゼフィルが舌を動かすたび蜜口が収縮し、下腹を快楽が突き上げる。

自分のなかからもたらされる官能は激しく、妖しい甘さに満ちていて、ゼフィルの舌はこれまで得たどのような愉悦とも異なる熱を呼びさました。

「ンン……、ふっ……」

唾液と蜜が混じり合い、淫猥《いんわい》な音を響かせる。

ゼフィルは舌の先端を尖らせて蜜をなめ取り、すくい上げ、蜜口に舌を差し込み、先端をうごめかせた。

舌が蜜口の浅い部分を探ると、レアの体はとろけるような官能をおぼえ、レアのなかにいままで知らなかった欲望が満ちていった。

「ン……ふぅ……あっ……」

ゼフィルが奥まで舌を突き入れ、入口を探り、また奥に突き進め、秘部を押し広げるように舌を回して動かしていく。

いったん舌を抜くと、レアは寂しさを感じてはしたなく腰を揺らめかせ、ゼフィルは舌を大きく伸ばして秘裂全体をなめあげた。

「あ……、ん……」

秘唇が引きつり、花弁がほころんでレアのなかをあらわにする。

ゼフィルは腕をしっかりと大腿に回しながら手を伸ばして、乳房を揉みしだいた。

「……こんなこと……、許されないわ……。こんな……結婚もしてないのに……」

「やめてもいいのか」

「……、……やっ、……やめないで……」

うわごとのように言ったとたん、自分の言葉に気づいてレアは頬を真っ赤に染め、顔を寝具にうずめてゼフィルの視線から逃れようとした。

ゼフィルの舌が突起の先端をとらえた。レアはつま先をひくつかせ、目を閉じてゼフィルの愛撫を待った。

ゼフィルが突起を口に含み、舌先でころがした。根元に先端を押し込んでえぐり、横合いをなめあげ、先端を舌でもてあそぶ。

快楽の突起はレアを未知の楽園へといざない、とろけるような官能が体のすみずみにまで行きわたった。

「ンふぅ……、あぁ……」

ゼフィルは片手で乳房を揉みしだき、こね上げ、乳首をつまみながら、反対の手で突起の包皮をむき、充血した突起を吸い上げた。

「ひっ……」

レアは激しい悦楽にたえきれず、喉の奥から声をもらし、寝具をつかんだ。

ゼフィルが舌を出して突起にこすりつけ、顔を動かし、突起を唇で挟んで先端をくすぐった。

「ン……、……」

その間も片手はせわしなく乳房をもてあそび、下方から肉をつかんで中央に集め、乳首を指でこすり合わせ、反対の乳首をひねりあげる。

あいた手で秘裂を開き、むき出しになった突起を唇で引っぱり、揉み込み、舌先でころがしたあと、突起の付け根に尖らせた舌先を埋め込み、突起の周囲をなめ回した。

唇から、舌から、手から、手のひらから、ゼフィルの体のすべてから与えられる快楽はレアを極限の快楽へと導き、レアのなかに熱い塊が生まれ、背中をゆっくりと突き上げた。

レアは迫り来る悦楽のなかでぼんやりと考えた。

もし——。

もしゼフィルが自分を愛してくれるなら。

シルヴァではなく、レアを愛してると言ってくれるなら、冥府の女王になってもかまわない。

闇のような優しさで、夜のような温かさで、レアを包み込み、レアを抱きしめ、激しく、熱く、レアを愛してくれるなら、自分もゼフィルにすべてを投げ出そう。

抱きしめられたときの心地よさ、吹きかかる息の甘さ、ゼフィルの低い声、力強い腕、すべてがレアをとろけさせる。

ゼフィルがふくれあがった秘裂をなめおろし、蜜口に舌を突き入れてなかをまさぐり、突起に舌をあてがい、勢いよく吸い上げた。

「ン……、ふぅ……!」

歯で突起がしごかれ、唇でこすられ、先端部に舌が押しつけられる。

ゼフィルは突起をつぶすような勢いで奥に押し込んだが、やわらかい舌は混じりっけのない官能だけをもたらした。

「シン……、あ……」

ゼフィルは同じことをシルヴァにも毎晩したのだろうか。

シルヴァも同じように声をあげたのだろうか。

シルヴァはレアと同じように愛されたのだろうか。

それとも、もっと激しくゼフィルはシルヴァを求めたのか。

シルヴァのことを考えるたび、胸に刺すような痛みが走り、抑えられない。

とめどなくあふれる欲望は、レアを飲み込もうとして蜜をあふれさせたが、レアは官能におぼれそうになるたび、さっき見たシルヴァのまなざしを思い出した。

「あ……、ん……」

ゼフィルが秘裂全体をなめていき、花弁を歯で引っぱり、かくれた部位をすべて探りあて快楽を送り込んだ。

秘部から下腹へ、下腹から全身へ、官能の波は引いては去り、次第に大きな荒波となってレアの意識を奪った。

ゼフィルが乳首をしぼり、突起を強く押し込んだ瞬間、レアの体に稲妻《いなづま》が走ったような衝撃がおり、レアは背中を大きく反らせて、自分のなかを行き交う欲望に身をゆだねた。

秘部がけいれんし、腰が他人のもののように跳ね上がる。

ゼフィルはレアの突起に唇をあてがったまま、レアが静まるのを待った。

やがてレアが荒く息を吸い、ゆっくり吐いたのを見て、ゼフィルはレアの体をつかんで這い進み、後ろからレアを抱きしめ耳元に接吻した。

レアはゼフィルの腕のなかで体を弛緩させ、ゼフィルの腕に頰をすり寄せた。

幸福の片鱗《へんりん》がレアの内部にわき起こり、レアはおだやかな安らぎを感じて目を閉じた。

だが、次の瞬間ゼフィルの放った言葉がレアのこころを引き裂いた。

「シルヴァ……」

第三章　薔薇の愛撫

レアの前にさまざまなごちそうが並んでいた。

丸焼きにした孔雀《くじやく》を真鍮《しんちゆう》の皿に乗せて華麗な尾羽を差し込み、生きているかのように見せたもの、芥子《けし》と蜂蜜《はちみつ》をかけて焼き上げた鴨《かも》肉、トリュフをつめて直火であぶった子豚、魚醤《ぎよしよう》をかけて茹《ゆ》でた大振りの海老、岩塩で包み石窯《いしがま》で焼いた鱒《ます》、柑橘《かんきつ》をしぼった生牡蠣《なまがき》、オリーブ油に漬け込んだ鰊《にしん》、ゼラチンで固めた八目鰻《やつめうなぎ》、山羊や青カビ、その他さまざまな種類のチーズ、季節の果物をふんだんに乗せた卵菓子、食べきれないほどのパン……。

白いもやが水差しをかたむけて、ゴブレットに濃いぶどう酒を入れ、べつのもやが蜂蜜と香辛料を付け足した。

もやたちがなにかを期待するように浮遊したが、レアがどんな反応も示さないのを見て、落胆したように部屋から出ていった。

あれから何度かゼフィルはレアを求め、レアはゼフィルに体をまかせたが、ゼフィルは一度もレアの名前を呼ばなかった。

ゼフィルにふれられるたび、ゼフィルが求めるたび、レアは自分がシルヴァの身代わりにされていると感じ、とうとうレアはたえきれなくなってゼフィルを拒絶した。

ゼフィルは冷たい目でレアを見下ろすと、

「なら、おまえの好きにしろ。だが、時間はおまえを待ってはくれぬ。よく考えるがいい」

言って、レアの寝室から出ていった。

あれからどれくらい経ったろう。

室内にはいつも炎が揺らいでいて、日の移り変わりも、月の満ち欠けも見ることはできなかった。

そんなに経ってはいないと思うが、ゼフィルのいない時間はけだるく、退屈で、もしいまシルヴァがゼフィルのもとを訪れていたらと思うと、いてもたってもいられなかった。

ゼフィルはいまごろ執務室で魂《たましい》をよりわけているのだろうか。

いつしかゼフィルが体につけた赤い刻印も消え、たったひとりで過ごす永劫《えいごう》のときがレアのこころを凍えさせた。

魂に話しかけても言葉が返ってくることはなく、ちろちろと揺らぐ炎はレアの寂しさをいや増しにする。

ゼフィルは二千年もの時をこんな風にひとりで過ごしてきたのか……。

ゼフィルを探しに行きたいと思うが、ゼフィルに会ったところでなんと言っていいのかわからない。

わたしを見てほしい、——とか？

それとも、わたしかシルヴァか、どっちが大切なの？　と詰め寄るか。

「バカみたい……。わたし……、そんなにゼフィルのことが好きなのかしら」

口にしたとたん、その言葉の持つ真実に気づいて愕然《がくぜん》とする。

ゼフィルが好き……。そんなはずはない……。そんなはずは……。

そうは思うが、好きだという気持ちはレアの胸に消えないあとを残し、レアはその言葉の持つ魔法のような響きに喜びと不安を感じた。

優しく抱きしめる腕、心地よい抱擁《ほうよう》、冷たい言葉、レアを見つめる深い瞳と夜を秘めた髪。

すべてがレアをとらえて離さない。

レアを魅了したのは、はじめてゼフィルの目を見たときに得た直感だった。

ゼフィルは闇色の目でレアを射抜き、レアのなかにできた空隙《くうげき》に入り込んで楔《くさび》を打ちつけ、両親が死んで以来レアが築いてきた高い壁を切り崩した。

こんな風に簡単に自分のこころが変わってしまうなんて思いもよらなかった。

ある日突然、ゼフィルはレアの前に現れ、レアのこころを奪っていった。

風のように——。

自分の愛した相手が、よりにもよって冥府の王だなんて考えたくもない。

これが現世でのことだったら。

「現世でもおんなじか。好きな相手と結婚できるんじゃないんだもの。結婚相手は伯父さんが決めるんだし……」

シルヴァは冥府での死を得たはずだが、このあいだのことを考えると、やはり魂は冥府のどこかを漂っているようだ。

壁にかかったシルヴァの肖像画はシルヴァと自分の違いをまざまざと見せつけ、自分は決してシルヴァにはかなわないのだと思い知らされる。

ゼフィルはシルヴァを愛するほどには自分を愛してはくれない。

ゼフィルのなかにあるのは、シルヴァだけ。

亡くなった美しい妻の面影《おもかげ》だけ。

どうやってもレアはシルヴァを越えることはできないのだ。

涙が一滴レアの目に盛り上がり、卓の上に敷かれたリネンの掛け布にこぼれ落ちた。

だれかを好きになるということがこんなにも苦しいなんて。

生きていれば、こんな気持ちを感じることはなかったはずだ。

自分の人生にどんな疑問も感じず、貞淑《ていしゅく》な妻として夫にかしずき、子どもを産んで育てていた。

老いてから冥府にやってきたレアを見て、ゼフィルがレアのなかにシルヴァの面影を見いだすことはなかったろう。

ゼフィルに会いたい。

だが、会うのが苦しくもあった。愛されないということはあまりにつらい。

自分が永遠の無にとらわれるまで、あとどれだけの時間が残されているのだろう。

愛されないことがわかっていながら、ゼフィルといることにたえられるだろうか。

レアの名前を一度も呼んでくれない男。

レアの体をもてあそびながら、べつの女を愛する男。

「もし本当にわたしがシルヴァだったら……」

ゼフィルの言うとおり、自分がシルヴァの生まれ変わりで、シルヴァの記憶を取りもどすことができたら――。

「そうなったら、どうなるのかな……。いまみたいな気持ちはなくなるのかしら。性格もなにもかも変わって、シルヴァみたいになっちゃうのかな。でも、わたしはわたしよね」

レアの前に突如現れたシルヴァの魂は、レアに自分が決してシルヴァではないことを知らしめた。

造形はたしかに似ているが、魂は別物だ。

シルヴァのなにもかもが自分とは違う。そこにいるのは、レアではない。

その違いが、どうしてゼフィルにはわからないのだろう。

シルヴァを失った痛みが、ゼフィルに幻を見せているのか。

シルヴァに似た女は、すべてシルヴァの生まれ変わりだと信じてしまうほど。

「ゼフィルはわたしを見てくれないわ……。一度だってわたしを見たことなんかない。シルヴァのことばっかり……」

いっそシルヴァの身代わりになれればどんなにいいかと思う。ゼフィルの愛を思うがままに受け止め、身もこころも投げ出すことができれば、いまのような迷いはなくなるだろう。

それでも、レアは決してシルヴァにはなれず、自分を愛してはくれないゼフィルの言葉に痛みをおぼえるだけだった。

レアは頬を濡らす涙を指先でぬぐった。目をあげると、勝ち誇ったようにこちらを見つめるシルヴァの肖像画と視線が合い、顔をそむけた。

この部屋は、シルヴァが住んでいた場だろうか。

帳《とばり》のおりた天蓋《てんがい》つきの寝台では夜ごとシルヴァとゼフィルが愛を交わし、さまよう魂たちがふたりを見守っていたにちがいない。
この城は、シルヴァの思い出であふれかえっている。
レアが喉の奥から押し殺した嗚咽《おえつ》をもらしたとき、どこからかひそやかな声がした。
――こっちへおいで。こっちへ。こちらだ。
だれかがレアに声をかけた。
ゼフィルではない。
魂はしゃべらないし、このあいだ聞いたシルヴァの声とも違う。
レアはいすから立ち上がり、広い室内を見回した。
装飾《そうしょく》の施された扉は固く閉ざされていて、声は扉とは反対側から聞こえてきた。
だが、ごちそうの並ぶ卓を挟んだ向かい側は黒い垂れ幕のおりる壁だ。
「あそこから……、かしら……」
――そうだ。こちらだ。こちらへ来い。
声は垂れ幕の向こうからたしかに聞こえた。
垂れ幕はぴったりと閉ざされている。
レアは壁をおおう垂れ幕の前に立ち、左右を見返した。
――その垂れ幕を開いて、窓の外を見るが良い。美しい太陽がおまえを待っている。
「太陽……？」

レアは思わず訊き返した。冥府に来てから垂れ幕は閉ざされたままで、唯一外に逃げ出したときは、月さえない暗黒の森のなかだった。

冥府では常に夜なのだと思っていたが、そんなことはまちがいで、本当は現世と同じように日が昇り沈んでいるのかもしれない。

レアは声に導かれるまま、重い垂れ幕を左右に開いた。

垂れ幕のすきまから金色の光がこぼれ落ち、レアはまぶしさに顔をしかめた。

さらに垂れ幕を開いていくと、ガラス戸の向こうに茫漠とした荒れ野が広がっていた。

ガラスの窓など領主さまのお城にもないにちがいない。

ガラスを通して舞いおりる太陽は、ぎらつくばかりに光っている。

レアはあまりの光にたえきれずしばし顔を伏せていたが、やがてゆっくりと前を向き、ガラス戸の向こうの景色を物めずらしそうにながめた。

大地はひび割れ、乾燥していて、いかにも熱そうだ。ねじれた糸杉《いとすぎ》や棕櫚《しゅろ》の間に薊《あざみ》やテレビンの木が顔を出している。

風が吹くたび黄色い砂が渦《うず》を描いて竜巻を起こし、砂塵《さじん》がどこかへ駆けぬけていった。

荒涼《こうりょう》とした荒れ地は果てしなく、地平の彼方までつづいている。

あそこにあるのは、現世なのだろうか。それとも死の安息なのだろうか……。

頭上に目を向けると、一片の雲もない蒼穹《そうきゅう》が大地を見下ろしていた。

「こんなところがあったなんて知らなかった……」

レアが呆然《ぼうぜん》として窓の景色を見ていると、床におりた白い光が縦に伸び上がり、レアの前で人の形を取った。

レアは、驚きのあまり声も出せず、その場で退いた。

光は男の姿となり、レアの前に立ちはだかった。

美しい男だった。

ゼフィルも美しいが、この男も負けず劣らず完璧な美貌《びぼう》を誇っている。

長い髪は太陽を宿したようなきらめく黄金で、首の横で結ばれ、あまった部分を胸の前にたらしていた。

男性的な眉は濃く、紺碧《こんぺき》の瞳は海よりもなお深い青をたたえている。

まっすぐにレアを見すえる双眸《そうぼう》は、いたずらっぽくゆがめられた唇とあいまって、レアに落ち着かない空気をもたらした。

高い鼻は美しい容貌《ようぼう》を際だたせ、身長はゼフィルと同じぐらいに高い。

レアは瞳に小動物めいた警戒心を浮かべ、光とともに現れた男を見た。

男は袖口に金の刺繍《ししゅう》を施した白いブリオーを着て、その上に光沢のある淡緑色の長衣をまとっていた。

長衣の袖口から広いブリオーの袖が垂れ下がり、腰には紅玉髄《べにぎょくずい》で象眼《ぞうがん》された金の腰帯を幾重にも巻いている。

　男は太陽とまごう光をまき散らし、興味深そうにレアを見返した。

　男の双眸は澄み切っていて美しく、たいていの女はそれだけでこころを奪われたにちがいないが、レアは警戒心を解こうとしなかった。

　レアは、全身をこわばらせて頭ひとつ以上は背の高い男を見上げ、男が面白そうに唇を開いた。

「おまえがレア、だな」

　レアが無言の肯定を示すと、男はわずかにうなずいた。

「わたしは天空の王、ユーラクロンだ。そうおびえることはない。わたしはゼフィルの友人だよ」

　ここ何日か冥府にいるが、ゼフィルに友人がいるなんて聞いたことはなく、ゼフィルは冥府の城でずっとひとりだと言っていた。

　第一、友人ならこんな風に忍び込んでくるようなまねをしなくてもいいはずだし、ゼフィルに友人がいるなら、もう少し明るい性格になっていてもいいと思う。

　ユーラクロンと名乗った男は、レアの疑問を感じ取ったように、魅力的な笑みをたたえたままレアをながめた。

「ゼフィルとは長いつきあいなのさ。あいつに聞けばわかる」

ユーラクロンは金の前髪に指を絡め、軽く跳ね上げた。

ゼフィルが夜だとすれば、この男は昼だ。

ゼフィルが月の光をたずさえているとすれば、この男は太陽に愛されていると言える。

ゼフィルとはなにもかも対照的で、男の醸《かも》し出す空気も、楽しげな男の言葉も、唇ににじんだ笑みも、ユーラクロンがゼフィルとはまったく違う男なのだと知らしめた。

「それにしても……」

ユーラクロンははすかいにレアをとらえ、頭からつま先までしみじみと見た。

「おまえは本当にシルヴァにそっくりだな。目も髪も口も、なにもかもシルヴァそのままだ」

レアは胸が引き裂かれるような激しい痛みをおぼえ、唇をかみしめた。

ユーラクロンはレアの痛みを知ってか知らずか、レアの髪に指をすべらせ頬にふれた。

レアはすぐさまユーラクロンの手から逃れ、後方に退いた。

「だが、シルヴァの方が美しい。顔は同じなのに、シルヴァの方が美しいなんてな。人間とは不思議なものだ」

レアは何度も唾液を飲み込み、震える言葉で言った。

「……あなたも……、シルヴァを知っていたの……？」

ユーラクロンが鼻先で嗤った。

「もちろんだ。ゼフィルと夫婦げんかをしたとき、シルヴァはよくわたしのもとに来て、わたしに身をゆだねたよ」

レアはあまりのことに目の前がくらくらした。

「身をゆだねるってどういうこと……？」

「男と女がすることにどうもこうもないだろう？」

「……シルヴァはゼフィルだけじゃなく……、あなたとも……、その……、……」

「シルヴァはそういう女だ。ゼフィルとけんかしたときやゼフィルが自分の言うことを聞いてくれなかったとき、退屈なとき、風が吹いたときや吹かなかったとき、なにかと理由をつけてわたしのもとを訪れ、あらゆる行為を楽しんだ」

レアはなにか言おうとしたが、言葉が見つからず何度も深呼吸してやっと口を開いた。

「あなたも……シルヴァを愛していたの……？」

「シルヴァは美しい女だ。あれほど美しく、とらえどころのない女を愛さない男はいない。もっとも、シルヴァがわたしに抱かれたがるのは、ゼフィルに嫉妬《しっと》させるためだった」

レアは刺すような苦痛をおぼえ、ユーラクロンから目をそらした。

だれもがシルヴァを愛している。だれもがシルヴァにこころを奪われる。

ゼフィルだけではなく、ここにいるユーラクロンもシルヴァを愛した。

だが、自分にはだれかを虜《とりこ》にする魅力はない。――苦しくて仕方ない。

「おまえは、シルヴァとまるでちがうな。顔立ちは一緒だが、――別人だ。おまえはシルヴァほどに美しくはないし、淫乱《いんらん》でもないようだ。だが、ゼフィルはおまえのことをシルヴァだと思っているらしい」

「……、……お友達のあなたから……、ゼフィルに言ってちょうだい……。わたしはあなたの愛するシルヴァじゃないって……」

ユーラクロンが意味深な笑いをもらした。

「シルヴァは死に、そのすぐあとでおまえが現れた……。あいつにとっては、それで充分だ。それに、おまえに人の形を与えたということは、あいつはずっと現世にいるおまえを見ていたんだろう」

「どういうこと……」

「死んでここへ来た魂はどれも同じ形だ。区別をすることはできぬ。だが、現世で生きている間からずっと見守っていれば、ここへ来た魂が自分の見ていた相手だとわかるのさ」

「ゼフィルが現世のわたしを見ていた……」

どういうことなのだろう、とレアはぼんやり思う。

ゼフィルが見ていたのは、シルヴァが死んだあとのことか。それとも、その前からなのだろうか。

現世の時間と冥府の時間の流れは違うという。

頭がこんがらがってきた。

「じゃあ、シルヴァの魂は？　シルヴァの魂はどこにいるの？　まだ七日は経っていないはずよ」

このあいだレアはシルヴァの魂と会った。シルヴァは挑戦的にレアを見すえていた。

ゼフィルは気づかなかったけれど……。

「シルヴァはみずから死を選んだ。そんなシルヴァにゼフィルが気づくはずがない。あれは特別な女だ。そもそも人間ではないからな」

「人間ではないって……、じゃあ、なんなの？　ゼフィルがここへ来た魂に自分の血を与えて、冥府の女王にしたんじゃないの？」

「おまえが知りたいのは、シルヴァのことか？」

突如そう訊かれ、レアは言いよどんだ。

「おまえは現世に戻りたいのだとばかり思っていたよ」

「けど……、もう死んだのよ……。戻ることなんて……」

「わたしはおまえを現世に戻す方法を知っている。戻りたくはないか、おまえのいた世界に。まだ死ぬには若すぎよう」

レアは衝撃に胸を震わせ、一歩足を踏み出した。

「わたし……、現世に戻れるの？　生き返れるの？　またもう一度……」

「そうむずかしいことではない。簡単さ」

青い瞳が深海に浮かぶ太陽の粒のように輝いた。

ユーラクロンがレアのあごを軽く持ち上げ、唇を近づけようとした。

ユーラクロンの影が自分にかかった瞬間、レアは反射的に上体をそらし、ユーラクロンから距離を取った。

レアの瞳にまた警戒心がにじみ、威嚇《いかく》するようにユーラクロンを見る。ゼフィルに抱きしめられると心地よいが、――ユーラクロンはべつだ。

ユーラクロンが近づくと、クラウスにふれられたときと同じような不快さをおぼえた。

ユーラクロンはレアの反応を見ても怒ることはなく、唇に笑みを浮かべたままレアを上方から見下ろした。

ユーラクロンがレアに手を伸ばした。

「こちらへ来い。わたしのところへ」

「あなたのところって……、どこ……」

「天空城だ。そこで現世に戻る方法を教えてやる」

ユーラクロンの指が誘うように曲がり、レアは繊細《せんさい》な指先を見つめた。

天空の王と名乗る怪しげなやからをどこまで信じていいものか。

現世に戻る方法をゼフィルも知っているのかもしれないが、――ゼフィルがレアに教えるわけがない。

「どうした、レア。わたしが恐いか」

まともに自分の名前を呼ばれ、レアは喉に息をつまらせた。

これがゼフィルだったら幸せをおぼえたにちがいないが、得体の知れない男に呼ばれると、どう反応していいのかわからなかった。

「わたしはおまえのいやがることはしないよ。むりやり女を襲うのは、趣味ではないのでな」

レアをむりやり陵辱《りょうじょく》するゼフィルに挑戦するような口ぶりだったが、ゼフィルがレアになにをしているのかこの男は知らないはずだ。

「こちらへ来い。わたしのもとへ。そうすれば、現世に戻る方法を教えてやる」

ユーラクロンが、伸ばしていた手を軽くあげ、レアが動き出すのを待った。

レアはまっすぐに伸びたきれいな指先をながめた。現世に戻れるという誘惑はレアをとらえて離さない。

レアは、そろそろと指を差しだした。

ユーラクロンの背後から、磨き抜かれたガラスを通じて太陽の温かい光が舞い込んでいる。

ユーラクロンの髪は陽光を反射して金色の輝きを帯び、光を放つ淡緑色の長衣も白いブリオーも天空の王にふさわしいいでたちだ。

「本当に……ゼフィルの友達なの？」

「ひとりの女をわけあうほどに」

レアはユーラクロンの言葉を聞いて奥歯をかみしめ、切ない痛みをこらえた。

「おまえは女王として冥府にとどまりたいのか。それとも、現世に戻りたいのか、——好きな方を選べ、レア。おまえの好きな方を」

レアの指がゆっくりと伸びていく。

現世に戻れるかもしれないという誘惑はゼフィルに対する自分の愛が実らないのだと強く思い知らされるほど、レアのこころを惹《ひ》きつけた。

ゼフィルのことなどなにもかも忘れ、現世に戻ることができれば、きっと幸せにちがいない。

報《むく》われない愛を抱いて過ごすより、愛を知らない人生を送る方がいいに決まっている。

レアはそう思い、じりじりとした緩慢《かんまん》な動きでユーラクロンの手に指を乗せようとした。

そのとき。

「ユーラクロン、その娘から離れろ！」

締め切られていた扉が勢いよく開き、表情を変えたゼフィルが室内に入ってきた。

ゼフィルは大声で言い放ったが、部屋の奥までは近づかない。

レアは慌ててユーラクロンから手を引っ込め、数歩後ずさった。

ゼフィルは太陽の光がまぶしくて仕方ないというように大きく顔をしかめ、額に腕をかざし日差しをよけた。

ユーラクロンが、ゼフィルを見て冷たい笑いをもらした。

「あと少しだったのに残念だな」

「ここから立ち去れ。ここはおまえが来るようなところではない！」

ゼフィルが右手を伸ばすと、下方にたれた広い袖口から長い蔦《つた》が飛び出し、ユーラクロンに牙を向いた。

ジャッ！　と鋭い音を立てた蔦は、だが、陽光にあたると力を失い、蛇《へび》の抜け殻《がら》のようになってユーラクロンの足もとに落ちた。

「そこでおまえになにができる？　いまは昼。おまえにはどんな力も出すことができまい」

ユーラクロンがあざけるように言い、レアの首筋をつかんで自分に引きよせた。

唇が重なり合う直前、レアは反射的にユーラクロンを突き飛ばし、ゼフィルは陽光があたる室内に足を踏み入れた。

ゼフィルが低いうめき声をもらし、その場にひざをついた。

「ゼフィル……！」

レアはゼフィルのもとに走り寄ろうとしたが、ユーラクロンがレアの手首をつかんでいる。

　こちらを向いたゼフィルの顔にやけどを負ったような火ぶくれができていた。

「ゼフィル……、その顔……」

　レアが唇を震わせると、ユーラクロンが嘲笑《ちょうしょう》とともに言った。

「心配することはない。冥府の王は太陽の光にあたるとああなるんだ。ぶどう酒で洗えば、すぐに治る」

「本当でしょうね」

「その娘から、離れるがいい」

　レアはユーラクロンをにらみつけ、ゼフィルが陽光をさけて一歩退いた。

　ユーラクロンはあざけりとも侮蔑《ぶべつ》ともつかぬ視線を閃《ひらめ》かせたあと、レアの喉を優しくくすぐった。

「おまえの体は本当に抱き心地がいいよ、レア。シルヴァなど比べものにもならん。またおまえの体でわたしを慰《なぐさ》めておくれ」

「なにを言うのっ……。わたしはそんなこと……」

　レアが頬を赤く染めるとユーラクロンはレアを見て妖しくほほえみ、ゼフィルはふたりの間に漂う空気を感じ取って、怒りとともに目を細めた。

「レアよ、また会おう。わたしはいつでもおまえを待っている」

ユーラクロンが親しみを感じさせる手でレアの髪に指を差し入れ、レアが抵抗するまもなく、光のなかにとけて消えた。

「垂れ幕をしめろっ。早くしめるんだ！」

ゼフィルが大声で言い、レアは慌てて開ききった垂れ幕をしめ、太陽の光を追いだした。

ゼフィルはしばしその場でひざをついていたが、やがて立ち上がり、レアに向かって歩いてきた。

ゼフィルの怒りがレアをまっすぐに射抜いている。太陽にあたったとき右頬についた火ぶくれは、赤いみみず腫れになっていた。

「どういうことだっ。あの男となにをした！」

ゼフィルがレアのあごをつかみ、強い力で引きよせた。レアはあまりの痛みに涙をにじませ、顔をゆがめた。

「なにも……。なにもしてないわ……。あの人が勝手に言っただけ……」

「そうは思えなかった」

「あの人が嘘《うそ》をついたのよ……。わたしはなにもしていない……。あの人、あなたの友達って言ってた……。──ちがうの？」

「友達なわけはない。あいつは天空の王。冥府の王の座を狙い、わたしを追い落とそうとしているんだ」

「でも……、シルヴァとも仲がよかったって……」

レアがなにも考えず口にすると、ゼフィルが苦しそうな表情を浮かべ、レアの手首をつかんで隣の寝室に連れていった。

「どうやらおまえにはお仕置きをしなければならないようだな」

ゼフィルが帳のおりた寝台にレアの体を投げ出し、レアは寝台の上で退いたが、ゼフィルを拒むことはできなかった。

「いや……。乱暴はしないで……」

「黙れっ」

ゼフィルが短剣を取り出し、腰帯をほどいて、怒りのままレアの衣を引き裂いた。

胸元に刺繍の入った山吹色のコルサージュ、いたるところに小花があしらわれたサフラン色のブリオー、リネンでできたシェーンズまでがむりやり体から引き離され、全裸にされる。

太陽のさえぎられた室内にはいくつもの燭台《しょくだい》の炎が揺らぎ、ゼフィルの感情を反射するように激しく身をくねらせた。

寝台に倒れ込んだレアは朱色に染まる裸体を隠そうとしたが、そんなことをすれば、ゼフィルが怒りを爆発させることはわかっていた。

もうすでにゼフィルの怒りは頂点に達している。これ以上彼を怒らせるわけにはいかない。

「どうしようもない淫乱女めっ。わたしが少し目を離すと、すぐほかの男に媚《こ》びを売る。おまえのような女はちゃんと縛りつけておかねばならんようだ」

すると、ゼフィルの袖口からまた蔦が伸びてきて、レアの体に絡まった。

手を縛られるのかと思ったが、違う。

蔦は、レアの腕と一緒に乳房の上部をきつく締め付け、盛り上がった肉の形を変えるような勢いで乳房を交差して肘とともに下方も締め上げ、手首を背中にまとめ上げて上半身を縛りつけた。

蔦の間で乳房がゆがみ、赤い先端が隆起する。身もだえして逃れようとしたが、動けば動くほど蔦はきつく絡まった。

レアは寝台の上にころがり、涙を流して身をよじった。

あまりにも屈辱《くつじょく》的だった。恥ずかしい格好で縛られていることに加え、その姿を隠すこともできないのだから。

上半身を拘束されたレアは横になったままゼフィルに背を向けたが、ゼフィルは瞳に残虐な色を浮かべ、レアの耳に唇をあてがい長い髪をなでながらしびれるほど優しい声でささやいた。

「おとなしくしているがいい。そうすれば、おまえの好きなことをしてやろう。縛られるあてがう。

背後から耳元に接吻《せっぷん》し、耳朶《じだ》をなめ、首筋に息を吹きかけながら両の乳房に手のひらを
ゼフィルが蔦にしぼられて突き出した乳房を包み込んだ。

「……嫌いよ……。こんなのいや……。離して……。こんな格好……」

のも嫌いじゃないんだろう？」

力を込めず軽くそえられたままでいると、レアのなかにもっと強くさわってほしいとい
う感覚がこみ上げ、そんな風に思う自分が恥ずかしかった。
ゼフィルがレアの気持ちを感じ取ったように乳房に指をめり込ませた。
指のなかでゆがむほど乳房が握りしめられると、安堵《あんど》に似た官能をおぼえ、レアは自分
のなかにわき起こる快楽にあらがおうとして背筋をこわばらせた。
縛られていることでいっそう体が敏感になり、首筋を舌が這うと妖しい喜びとともに背
徳的な恥じらいをおぼえた。
背後でまとめられた手首をこすり合わせ身もだえするが、柔肉《やわにく》に食い込む蔦をほどくこ
とはできなかった。
壁の向こうにそなえつけられた鏡に映る自分の格好が恥ずかしくて仕方ない。
こんな風にいやらしく縛られて、体をもてあそばれるなんて。
いままたあそこから美しいシルヴァが出てきたら、レアをどんな目で見るだろう。

少なくともゼフィルはシルヴァにこんないましめは与えなかったはずだ。

こみ上げた涙がこぼれ落ち、頬を濡らした。

ゼフィルは指先でレアの涙をとらえ、反《そ》り返ったまつげをなで、赤い乳首をつまみ上げた。

「ひっ……！」

上半身を縛る蔦は快楽とも痛みともつかぬ妖しい感覚をもたらし、もがけばもがくほど蔦が絡まり、レアの体が興奮を感じて粟立《あわだ》った。

「あの男となにをした？　おまえはだれにでも色目を使う女なのか」

「なにもしてない……。あれは……、あの人が勝手に言ったことよ……。お願い、許して」

ゼフィルが自在に乳房をもてあそぶ。しぼるように揉《も》み上げて先端を突き出し、指先で乳首を押し込め、欲望のままにこね回した。

「ん……、ふ……」

「もう感じているのか。あの男にもそんな顔を見せたんだろう？」

「そんなこと……、してない……！」

乳房への愛撫は荒々しかったが、レアが顔をしかめた瞬間、甘美な動きへと変わり、レアの一番好きな力加減を探りあてる。

レアが官能をおぼえるのを見て、ゼフィルは乳房を強く揉み上げ優しくこね回し、乳首の先端をつま先で引っかき、指で乳首をこすりあげた。

その間も首筋をなめ、反り返った背筋に舌を這《は》わせ、あらゆるくぼみと曲線を堪能《たんのう》する。

「ンン……ふ……う……」

秘部が自分の気持ちとは裏腹にはしたなくうごめいた。舌が背筋を這っていくと、レアはたえきれずに体をそらせ、舌からもたらされる快楽にたえた。

「こちらを向け」

ゼフィルが言い、背中を見せていたレアはどうしようか迷ったが、

「こちらを向けと言ったのが聞こえなかったのか」

ゼフィルの言葉を聞いて、寝台に横たわったままゆっくりとゼフィルに向きなおった。

いつのまにかゼフィルの右手に美しく咲きほこる赤い薔薇《ばら》が乗せられている。

ゼフィルは赤い薔薇を鼻先に近づけて芳香《ほうこう》をかぎ、レアにも匂いをかがせた。

甘い香りはレアのささくれたこころをときほぐし、レアはわずかな笑みをにじませ、艶《つや》やかな花びらを見つめた。

「薔薇は好きか」

「……、……ええ……」

「だろうな。シルヴァも大好きだったよ」

「……」

レアは唇をかみしめ、自分の奥底からこみ上げる痛みにたえた。

ゼフィルはレアが凍り付きそうなほど美しいまなざしで薔薇をながめ、唇で軽く花弁をつまんだあと、仰向けにしたレアの体に薔薇の棘《とげ》をあてがった。

のど元に棘の先端があたり、レアは顔をしかめた。

「……痛い……」

「痛いのも好きなんだろう」

「いやよ。痛いのはいや……！」

「痛くはないから、おとなしくしていろ」

ゼフィルが薔薇を手のなかで回し、薔薇の棘の切っ先をレアの柔肌に当てたまま、薔薇を下方へと動かしていった。

棘は決して肌を傷つけることはなく、絶妙な快楽を与えてレアの体を通りすぎる。

乳首に棘がふれると痛みと切なさの両方をおぼえ、レアは閉じた内股をこすり合わせた。

さらに、下へ。

鋭い棘、青く茂る冷たい葉、なめらかな花弁、すべてが新鮮な愉悦《ゆえつ》をもたらし、レアはぎゅっと目を閉じたまま薔薇の愛撫《あいぶ》にたえた。

「くっ……、ふ……ぅ……」

ゼフィルは色づいた胸の先端に棘をあてがい、指先で茎《くき》をこきざみに回し乳首をもてあそんだ。

ときおり棘の切っ先があたって乳首がひりつき、レアは顔をゆがめて痛みをこらえた。

「ん……、ぁ……」

ゼフィルはレアを傷つけないよう慎重に薔薇で肌の表層をなぞり、あばらからへそ、下腹を通って亜麻色の茂みへと切っ先を動かした。

レアがしっかり足を閉ざしていると、ゼフィルは薔薇の向きを変え、茎の先端を足の付け根に差し込んだ。

「んん……」

茎の下方についた棘はきれいに取り外され、茎を出し入れされても痛くはなく、もどかしい喜びが閉じた花びらと秘裂の上をこすっていく。

何度も茎を出し入れすると、ほのかな刺激に秘部が確実に反応し、いやらしい蜜が茎に絡みついた。

「足を開け」

ゼフィルが恐い声で命じた。

「……いや……」

「わたしの命令を聞かなければどうなるか、まだわからないようだな。おまえの気に入っていることをしてやろうというのに」

レアの、ではない。シルヴァのだ、とレアはこころのなかで悔しさを感じて歯がみした。ゼフィルがするのは、シルヴァの好きなこと。シルヴァの喜ぶこと。シルヴァが望むこと。

レアのことなど見てもいない。

レアを縛りあげ秘部をもてあそんでいてさえ、ゼフィルはシルヴァのことばかり考えている。

シルヴァの体を思い起こし、シルヴァの声を聞き、シルヴァの思い出にひたっている。

シルヴァばかり。

それとも、レアが抵抗するから、ゼフィルはレアのなかにいもしないシルヴァの影を探し求めるようになるのだろうか。

レアがゼフィルの言葉におとなしく従えば、ゼフィルはレアを見てくれるのかもしれない。

レアのなかに思いもよらなかった考えが浮かび、レアはわずかな望みをかけて、おそるおそる足を開いた。

「ようし。いい子だ。抵抗せず、わたしの言うとおりにしろ」

「ン……」

すでにゼフィルはレアの体を知り尽くしていたが、それでも恥じらいで足が震え、全身に力が入ってしまう。

レアは足を閉じたくなる気持ちをがまんして、ゼフィルの前に秘部をさらした。

ゼフィルは白い大腿の付け根に隠された部位をひととおり視線でなぶり、赤い花弁の奥底に蜜で濡れた茎を差し入れた。

「あ……」

細い茎は、まだ固いレアの内部に容易に入り、レアの秘唇《ひしん》はもっと大きな刺激を求めてひくついた。

痛みはない反面、快楽も少なく、ゼフィルが茎を出し入れすると、レアはもどかしさにたえきれず腰をうごめかせた。

「ン……ン……、ンン……」

茎が奥底にまで収まり、ゼフィルはこきざみに手を動かしてレアの内部で茎を行ったり来たりさせた。

何度も抜き差ししたあと、肉襞《にくひだ》を押し開くようにかき混ぜ、引きのばす。

ゼフィルが茎を引き抜こうとすると秘唇がすぼまり、茎を逃すまいとした。

ゼフィルはレアの体が如実に反応したのを見て冷笑をもらし、開いた手で蔦に縛られた乳房をなでた。

「こんなものでも感じるのか。だが、ほしいのはもっとべつのものだろう？　なにがほしいのか言ってみろ」

「……いや……。なにも……ほしく……ない……」

かろうじてそう言ったものの、体がおかしなくらい激しい熱を発していた。

頬の産毛《うぶげ》が粟立ち、背筋に妖しいざわめきが駆け下りる。

乳房をもっと強く縛ってほしいという気持ちがこみ上げ、意識がもうろうとし、息が荒くなってきた。

びくり、びくりと秘部がうごめき、下腹の奥に甘美なうずきを走らせる。

なにかがおかしい。どこか変だ。

かゆみとも痛みともつかない感覚が体の奥底からこみ上げ、透明な蜜が次から次へしたたり落ちる。

秘部がけいれんするたび、体の底を貫くような快楽が訪れた。

「ぁ……、あぁ……、なに……、なにをしたの……」

ゼフィルがレアから薔薇を抜き、蜜に濡れた茎をレアに見せた。

「媚薬《びやく》だよ。ここにおまえが素直になる薬を仕込んだんだ。思ったよりずいぶん効いているようだな。どうだ、ほしくてたまらないだろう?」

ゼフィルは薔薇の花びらを手のひらで包み込んで、くしゃりとつぶし、粉々になった花びらをレアの体にまき散らした。

レアは花びらが体にふれただけで全身を震わせ、熱い吐息をもらした。

「あぁ……っ」

こんなことをしなくても、自分はゼフィルの言葉に従ったのに……。

そう思うが、もう遅い。

レアの目尻に新たな涙がにじみ、苦しみと快楽でおかしくなりそうだ。

「どうしてこんなことをするの……。わたしに……こんな……」

ゼフィルは自分に優しくしてくれない。甘い言葉をかけてくれない。愛してくれない。

レアの望むものはなにも与えず、レアをむりやり奪うだけ。

「おまえが素直ではないからさ。おまえをシルヴァのようにしてやろうと言うんだ。ほしいものをほしいと言えるようにな」

そのとたん、こらえていた涙が頬をつたって滑り落ち、泡立つ髪のなかに吸いこまれた。

まだ入れてもいないのに、腰が揺らめき、どうしてもとめられない。

ありとあらゆる部位が紅潮《こうちょう》し、とぎすまされ、髪がこすれるだけ、寝具にふれるだけ、わずかに息を吹きかけられるだけで、感じたことのない悦楽をおぼえた。

「はぁ……、あ……あぁ……！」

レアは、とうとうしどけない声をもらし、喉をのけぞらせて全身を襲う波にたえた。

ゼフィルがレアの体に手をかざすと、レアを拘束していた蔦がほどけ、ゼフィルの袖口に戻っていった。

ゼフィルがレアの乳房をつかみ上げ、乳首に吸い付くと同時に、レアはゼフィルに抱きついていた。

ゼフィルの舌がどんな風に動いているかわからないが、唇に含まれた乳首からは途方もない快楽がもたらされ、乳房が激しくこね上げられ、反対の乳首を指でこすりつけられると、すべての憂いが払拭され、永遠のなかに振り戻された。

「ンふ……、ンン……」

片手で乳房をもてあそびながら、反対の手を下方へと動かし、濡れそぼった秘裂を包み込む。

手のひらが秘部にあてがわれると、レアは安らぎにも似た気持ちをおぼえ、目を閉じてうねるような官能の嵐に身をゆだねた。

「ンふぅ……、あぁ……」

ゼフィルが手のひらをこきざみに揺らめかして突起と秘裂に喜悦をもたらした。

秘裂を揉み込むと、あふれかえる蜜と手のひらの狭間がいやらしい音を立てる。

ゼフィルは突起をこすり、手のひらを強く押し当て、親指と人差し指で包皮ごしに突起をつまんで指の腹を動かし、あいた指で秘裂をなぞった。

「ン……、ぅ……」

レアの腰が自分の意思とは無関係に大きく揺らぎ、手のひらと秘裂がさらなる音を響かせた。

ゼフィルは濡れそぼった秘部に指を一本入れてレアの反応をたしかめ、前後に動かし、回し、突き、ふくれあがった膣襞《ちつひだ》を刺激した。

あまった指で突起をつまみ、包皮を突起にかぶせるようにして揉み込み、こすりあげ、先端を圧迫する。

体が喜びにうち震え、乳房がこね上げられ、乳首がころがされ、秘裂をなで回され、膣壁を二本の指でかき混ぜられると、髪の先にまで官能が行きわたるような錯覚に襲われた。

自分のすべてが快楽のためにあり、わずかな指の動きにさえ敏感に反応した。

「あぁ……、ン……、ふぅ……」

秘部はもっと強い刺激を欲してわななき、レアはたえきれなくなって指先をゆっくりとゼフィルの体に伸ばしていった。

下方に手をあてがうと、硬直したゼフィルをはっきりと感じた。

もうすでに鉄のように固く、溶岩《ようがん》がたぎっているようだ。

レアが自分を握りしめたのを見て、ゼフィルは口をゆがめ、長衣の裾をめくって熱杭を取り出し、レアの手をつかんで直接つかませた。

先端からは透明な液がこぼれ、レアを威嚇《いかく》するようにそそり立っている。

しごいた。

「ぁ……っ……、んふぅ……」

赤黒い局部は鼓動にあわせて命を刻み、脈がまとわりついていた。

レアはゼフィルに手をそえられ、ゼフィルの動きにあわせて根元をつかみ、ゆっくりとしごいた。

ゼフィルが指で秘部の奥を突き刺し、膣壁をえぐりながら慎重に掻き出した。

「んん……、あ……」

レアは自分も指に力を込めて熱くたぎる局部の胴体を包み込み、根元から先端に向かって弾力をたしかめるように動かした。

熱い先端に手のひらをかぶせて、先端、先端の外周、先端の裏側を丹念になでさする。

親指と人差し指で先端の外周を締め付け、裏側の部分に親指を当てて円を描くようにすべらせた。

ゼフィルがくぐもった声をあげ、彼が確実に快楽をおぼえているのがわかる。

レアは次第に慣れていく手でゼフィルを追いつめ、ゼフィルは指を鉤状《かぎじょう》に曲げて膣壁を掻き出し、皮と一緒に突起を揉みあげ、先端を押し込み、乳首を吸いながら舌でころがして、レアを悦びの彼方へと導いた。

荒波のような喜悦と興奮が寄せては返すたび、徐々に大きくなっていき、これまでにない快楽となってレアをとらえ、レアの背筋に稲妻《いなずま》のような白い衝撃が舞いおりた。

レアは悲鳴にも似た声をあげて、全身で官能を受け止めた。

「あ……、あぁ……っ……！」

指の先がしびれる感覚。

背中を突き抜けた白色の塊《かたまり》が体中を駆けめぐった。

「はぁ……、ぁぁ……」

レアは胸を上下させて、大きな吐息を何度もついたが、まだ欲望は完全に充足されてはいなかった。

秘部はなにかを望むように蠕動《ぜんどう》し、こきざみに収縮して、ゼフィルの指を締め上げる。

媚薬に侵《おか》され、一度頂点を味わったレアは、もっとほしいという気持ちにさらされ、ゼフィルをつかむ指に力を込めて熱い胴部をこすりあげ、ゆっくりと上体を起こした。

「あ……、ン……」

自分がなにをしているのか、自分でもよくわからない。

欲望と快楽だけがレアを衝き動かし、恥じらいもためらいもすべて行為のなかに埋没した。

レアはゼフィルを握りしめたまま、ゼフィルの首を抱きしめて接吻し、自分から舌を絡ませた。

上唇を吸い上げ、下唇を噛《か》み、舌を滑り込ませて、そこで息づくゼフィルの舌を引き出していく。

舌と舌がぴったりと重なり、交わり、ひとつになった。

「ンふぅ……、ンン……」

唾液が混ざり合い、舌が絡まり、唇がこすれると、甘い官能が自分のなかにできた空洞を満たしていく。

大きく外に出たゼフィルの舌先を自分の口に含んで、先端をなめあげ、顔を前後に動かして吸いこんでは出し、また口内に含んで舌を絡め合わせ、唇を強く押し当てて、ゼフィルと自分のなかにあるはずの絆を確認した。

「あ……、はぁ……」

シルヴァのことなどもうどうでもよかった。ゼフィルはいま自分を抱きしめているのだから。

レアの内部に指を入れ、突起をもてあそび、快楽を与えているのだから。

そう思いながらも、どこかでシルヴァのことが引っかかる。

シルヴァにも同じように薔薇を使ったのだろうか。同じように縛ったのだろうか。

同じように接吻し、同じように指を入れたのか。

それとも、シルヴァには、レアとは比べものにならないことをしていたのか。

なにも考えたくはない。

自分はレアで、いま自分はゼフィルとともにここにいる。

シルヴァはどこにもいない。

ゼフィルが愛撫しているのは、レアだ。

ゼフィルは指を膣奥に入れ、突起をはじき、接吻し、舌を絡め、乳房を揉みしだき、乳首をつまみ上げた。

ここにいるのは、レアだ。

「お願い、わたしを見て……」

レアは思わずゼフィルの目を見て、言った。

「わたしを見てほしい……。わたしを……、わたしだけを……」

「おまえ以外にだれを見ているというんだ」

レアは悲しみをかろうじて飲み込んだが、涙を抑えることはできなかった。

レアの目尻に涙が光ったのを見て、ゼフィルはレアの頬に接吻《せっぷん》して訊いた。

「なにを泣いているんだ。おまえはすぐに泣くな。シルヴァは一度もわたしの前では泣かなかったぞ。もっとも、あいつが泣くようなことはしなかったがな」

快楽と悲しみがレアを切り離し、こころが砕け散ったようだ。

だが、官能の炎は消えることなくレアを包み込み、燃え上がらせていく。

「泣くなと言っているだろう！」

「だって……、……気持ちいいから……。すごく……すごく気持ちいいから……。だから……」

レアは自分の前では決して衣を脱がないゼフィルに抱きつき、屹立した陰部をしごきながら、涙に濡れた顔をうつぶせにした。

ゼフィルが秘部から指を抜くと、レアは思わず下腹に力を込め、ゼフィルを逃すまいとした。

ゼフィルは蜜で濡れた手でレアの尻を揉み、官能をあおるように大腿をなでた。

秘部が激しくうごめき、もうこらえることができない。

レアは唇がしびれそうなほど激しい接吻をくり返したあと、潤《うる》んだ目でゼフィルの顔をのぞき込み、涙を流したまま言った。

「もう……がまんできない……。い……、入れて……。あなたのを……」

「どこに」

ゼフィルが残忍《ざんにん》な言葉を口に出し、レアは全身を紅潮させたが、媚薬はレアからためらいを奪っていた。

レアは震える足をゆっくりと開いて、指でほころんだ花びらを開き、そのなかに息づく部位をあらわにした。

「ここ……。ここに……入れてほしいの。あなたのを……入れて……」

ゼフィルは硬直した部位を露出させたまま寝台に仰向けになり、上体を起こしてレアを見た。

「ほしければ、自分で入れるがいい」

「……自分で……?」

レアは怒張した攻撃的な先端を見て息を飲み込み、しばしためらったが、体の奥底がゼフィルを欲するのを感じ、そろそろとゼフィルに近づいた。

いったんゼフィルの首筋に抱きついて、むさぼるような接吻をしたあと唇を離し、ゼフィルの目をのぞき込む。

ゼフィルは優しいまなざしで自分を見ていた。

彼が見ているのは本当に自分だろうかと思うが、――いまは考えまい。

レアは猛々しいゼフィルの熱塊にふれ、指で秘部を開いて透明な液をもらす先端をあてがった。

「ン……、ふう……」

これほど大きな異物を自分から入れるのは恐ろしく、最初は秘裂にあてがったまま動くことができずにいた。

ゼフィルがなにかしてくれるだろうと思ったが、ゼフィルは面白そうな目でレアを見つめているだけだ。

「わたしはなにもしないぞ。おまえが動かないかぎり、ずっとこのままだ」

レアは蜜のしたたり落ちる秘裂にそって何度も先端をなじませたあと、とうとう自分から腰を落とした。

「ンン……くぅ……、あ……」

秘部は充分すぎるほど濡れていて、レアの体重がかかると容易にゼフィルを受け入れた。薬のせいか痛みはなく、代わりに果てしない快楽がこすれ合った部位を通して全身につたわり、いったん先端を押し入れると、レアは自分から腰を動かした。

どうすればいいのかわからなかったが、はじめから自分のなかにすり込まれていたようにぎこちないながら腰が前後に揺らいでいく。

自分の内部に収まったゼフィルの熱い塊が、レアの動きにあわせて膣襞をこすり、掻き出し、押し広げた。

「ふぅ……、あぁ……」

レアは両ひざを折りまげて蛙《かえる》のような格好で足を広げ、快楽を得るため腰を律動させた。

「いい子だ。好きなように動くがいい」

ゼフィルが言い、レアは薄目を開いてゼフィルを見たあと、また目を閉じて自分の体に集中した。

どこにふれても気持ちいいように感じるが、ゆっくりと腰を回し、軽く浮かしたあと奥まで沈め、何度も抜き差ししながら熱杭に突起をこすりつけると、気持ちのいいところとものすごく気持ちのいいところが明確に形をなしはじめた。

「んふぅ……、あぁ……」

抜こうとするたび自然と秘部がすぼまってゼフィルを締め上げ、自分で欲望を調節しながら、快楽の園をめざして腰を前後に動かしていく。

レアが大きく腰を揺すると張り出した部位が膣襞をえぐり、腰を前へ進めると奥まで突き上げ、腰を浮かすと浅い部分を押し広げ、レアにあわせて熱い肉塊が自在にレアを刺激した。

ゼフィルは開いた手でレアの乳房を下方から揉み込んで中央に寄せ集め、五本の指でこね上げた。

胸をさわられると心地よさがいっぱいに広がり、レアは喉をのけぞらせてこみ上げる官能にたえた。

「ふう……んっ……あ……」

欲望にさらわれそうになるたび動きをゆるめて快楽をやり過ごし、また腰を動かして、せり上がっては引いていく波の感覚を楽しんだ。

自分の動きでもたらされる波は決して大きくはなかったが、レアには充分心地よく、なにもせずゼフィルの上に座っているだけで秘部がうごめき、ゼフィルを強く締め上げる。

ゼフィルはレアの乳房を揉みしだきながら、レアが悦びをおぼえる姿を満足そうにながめた。

「自分だけが気持ちよくなってどうする。それとも自分ひとりがよければ、それでいいのか？」

「そんな……、わたしは……」

「もっと激しく腰を動かせ。おまえの体でわたしを喜ばせるんだ」

「ン……」

レアは目をつぶって自分のなかに集中し、前後に激しく腰を揺すって欲望の果てをめざしていった。

「腰をもっと回すんだ。同じことばかりしていては面白くもない」

叱咤《しった》するようなゼフィルの声を聞いて、単調にならないよういろいろと加減しながら腰を動かし、自分のあらゆる部位を圧迫していくと、官能のしずくが体の内部からこぼれ落ち、唇がわななないて全身の産毛が逆立った。

レアが動くたび激しく収縮する蜜口に局部が圧迫され、ゼフィルにレアと同様の快楽を与えていく。

ゼフィルはわずかに眉を動かしてレアの様子を見ながら、乳房をもてあそび、両手で乳首をつまみ、揉み込んだあと、細い腰をしっかりとつかんでレアの下半身を固定した。

「あ……、は……っ」

いったんレアの動きをとめたあと、激しく腰を動かし下方からレアを突き上げた。

突如自分を苛みはじめた痛みにも近い快楽の波にレアは驚き、大きく目を開いて背中を反らせた。

ゼフィルは突起にこすりつけるように熱杭を押し進め、先端部で膣壁をこすりあげ、奥を貫き、張り出した部位で浅い部分を摩擦《まさつ》した。

さきほどレアが自分の行為のなかで見せた快楽を思い出し、レアが喜ぶ部分、レアが強く反応する部分を探しだし、迷わずそこを突いていく。

「あぁ……、はぁ……、ン……」

レアはゼフィルの突き上げにこらえきれず、切ないあえぎ声をもらし、すべての懸念を捨て去って行為のなかに埋没した。

ゼフィルが下方からレアをうがち、レアもゼフィルの動きにあわせて腰を揺り動かしていく。

いつしかふたりの動きはひとつになり、レアの秘部とゼフィルの熱塊は離れがたい一対となって、ふたりはしっかり手を握り合わせ、さらなる高みへとのぼりつめた。

「あぁ……、んんっ、ふ……」

ゼフィルが激しく突き進んだとたん、レアは頭のなかで熱い塊がはじけたような悦楽をおぼえ、背中を後ろに曲げて悦びを堪能した。

秘部が長い間けいれんをくり返し、何度も何度も収縮する。

秘部がうごめくたび、下腹が突き上げられるような官能が舞い込み、レアは炎の名残《なごり》を全身で味わった。

さらにゼフィルが動いて、熱い飛沫をレアのなかに放ち、レアはゼフィルの胸に倒れ込んだ。

＊

ゼフィルはレアの髪を何度もなで、泡立つ髪の裾に指を絡めた。

レアはゼフィルの体によりそい、衣ごしに忍び寄る体温を感じた。けだるい疲労がレアを包み込み、さきほどまで押し広げられていた秘部は自分のものではないようだ。

ゼフィルの指が髪を軽く引っぱると、背筋に快いしびれが走り、まだ媚薬が残っている気がした。

レアは寝具におりた流れ星をつかんで唇を寄せ、手のひらで包み込んだ。冷たい石に自分の体温が移り、石が熱を放っているように感じる。

流れ星をもっていると気力がわき上がってきた。絶望も孤独も感じない。悲しみはべつだった。

いつもなら流れ星がどんな感情をも洗い流してくれたが、レアのなかに渦巻く切なさは流れ星の魔法をもってしてもどうすることもできなかった。

言葉はなく、おだやかな沈黙が満ちる。

暗い室内にいくつもの蜜蠟《みつろう》が立ち並び、レアたちを幻想的にともしていた。

長衣を脱いだゼフィルは薄紫色のブリオーを着た姿で横たわっている。

ゼフィルの体を見たいと思ったが、口に出して言うことはできなかった。

レアの瞳にはまだ涙が浮いていた。

どれだけ泣いても悲しみは癒されず、抱きしめられるたび傷口が開いていく。

ゼフィルの口からもれる何気ない言葉はレアを果てしない孤独へと追いやり、レアは自分がもう死んでしまったことやこれからの行く末などをすべて忘れ、ただゼフィルへの想いだけを感じた。

レアは全裸だが、ゼフィルは衣を着ている。

レアはゼフィルを愛しているが、ゼフィルはレアを見ていない。

レアはゼフィルに思うがままにもてあそばれるが、ゼフィルはレアの思いどおりにはならない。

レアは……。

「静かね……」

レアはゼフィルの体温を感じながら、帳の向こうに見える炎を見つめた。

ちろちろと明滅する炎の音さえ聞こえてくるような静けさだ。

「この城はいつも寂しいわ……」

魂《たましい》がいたとしても、寂しさは癒されない。むしろ自分に奉仕する魂を見るたび、孤独感が募っていく。

垂れ幕の向こうは昼だろうか。

いまごろあの男、——ユーラクロンはなにをしているだろう。天空からここをのぞき見ているだろうか。

レアは軽く上体を起こして、ゼフィルの頰を見た。

「けがはもう大丈夫なの……」

太陽にあたってできた右頰の火ぶくれは赤いあざへと変わっていた。

「あとになってる……。ここ……。ぶどう酒で洗えばいいって、あの人が……」

「ユーラクロンの話はするな」

「ごめんなさい……」

レアの胸に暗雲がたれ込めた。シルヴァならこんな風にゼフィルの機嫌を損ねることはなかったろう。

「……、……わたし……本当にあの人となにもないのよ……。あの人が勝手に言っただけで……」

「知っているさ」

「……」

「あの男はこの城のなかには入ってこられん。おまえが見たのは幻影だよ。ここであの男がおまえを抱くなど不可能なことだ」

ならなぜこんなひどいことをしたのかと思うが、訊き返すことはできなかった。

「あの人と……、……その……シルヴァは仲がよかったの……？」

ゼフィルの反応を気にしながら、おそるおそる口にした。

「シルヴァはどんな男とでも仲がよかったよ。おまえが以前に見たあの蛾《が》ともな」

「……」

ゼフィルが冷たい目でレアを見すえた。

「おまえもあの蛾が気に入ったようだ。それにユーラクロンのことも。おまえたちは男と見るとすぐに色目を使う」

「……わたしは……そんなことはしない……！　わたしはシルヴァとは違うわ」

「違わないさ。おまえはシルヴァで、シルヴァはおまえなんだから。それとも、まだ自分がシルヴァではないと言い張るつもりか。わたしから見れば、おまえとシルヴァにはどんな違いもない」

レアの目に涙が盛り上がってふいにこぼれ、驚いたことにゼフィルがわずかにうろたえた。

「なんなんだ、おまえは！　泣けばなんでも許されると思うなっ。泣く前に、言葉で話せっ」

レアは寝台の上で上体を起こし、ゼフィルを見ながらしゃくり上げた。

「じゃあ、シルヴァはだれの生まれ変わりなのよっ。わたしだけ生まれ変わりなんておかしいわっ」

「シルヴァは……、だれの生まれ変わりでもない……。シルヴァは……、……」

ゼフィルは苦しげに言って過去に目をすがめたあと、なにも思い出せないというように頭を振った。

レアは悔《くや》しげにゼフィルをにらんだ。涙がとめどなくあふれてとまらない。

ゼフィルに嫌われるかもしれないと思ったが、もうここまできたら言いたいことをぶちまけるまでだ。

「あなたは……シルヴァのどこが好きなの？　……どこを愛してるのよ。顔がよかったの……？　それとも体？　なにがそんなに好きなの……？」

「……」

「あなたが好きなのは、シルヴァなのよね……？　あなたはシルヴァ以外だれも愛してない……」

「……当たり前だ。シルヴァはわたしの最愛の妻だからな」

大粒の涙がしたたり、やわらかい寝具に吸いこまれた。

苦しくて息ができない。だれかの言葉で、こんなにも簡単に気持ちが打ち砕《くだ》かれてしまうなんて。

「わたしのことは……、愛してくれないの……？」

「なにを言っている。おまえはシルヴァだ」

「シルヴァだから、……なに？」

「……」

「あなたはシルヴァのことばっかり……。……シルヴァのことしか愛してない。わたしのことは……愛してくれない。……、……あなたは……わたしを愛してくれないわ……」

「なにを言っている……。おまえは……」

「もういい！」

レアは羽毛のつまった枕をゼフィルに向かって投げつけた。

「なにをするっ」

枕のなかから白い羽毛が飛び散った。

「……どうしてわたしを見てくれないの？　あなたは一度もわたしを見てくれない。ずっとシルヴァのことばかり。ここに来てからずっと……。わたしの名前を呼んでくれたこともないわ。わたしがここで過ごすことになったら、わたしをなんて呼ぶの？　シルヴァ？……わたしはシルヴァじゃない。レアよ！　わたしはレア！」

これまでの感情が爆発したようにレアは大声で叫び、寝台から滑りおりて先の尖《とが》った靴《くつ》を履き、長いすに置かれたシェーンズとブリオーを着て太い腰帯をつかみ、背中の紐《ひも》も結ばないまま部屋から出ていった。

「ど……どこへ行くっ。待て……！」

ゼフィルがうわずった声で言ったが、レアは聞いてはいなかった。

第四章　真実の接吻

レアは扉に背中をあずけ、適当にブリオーの紐《ひも》を結び腰帯を巻いたあと、しばし涙が流れるままにまかせ、左右に伸びる回廊《かいろう》を見て右手に向かって歩いていった。

ゼフィルは追ってこなかった。

もしかして自分とシルヴァの違いに気づいて幻滅《げんめつ》したのかもしれない。

たとえシルヴァだと思われていても、彼に愛されていたいという気持ちもあったが、だれかの身代わりにされるなんてたえがたい。

ただ一度のことではなく、会ったときからこれまで、そしてこれからもずっと……。

レアは炎のともる薄暗い回廊を早足で歩いていった。靴音《くつおと》が静謐《せいひつ》のなかに響きわたり、寂しさをいや増しにする。

自分が本当にシルヴァなのだと思えればよかったが、シルヴァの話を聞けば聞くほど、自分とはまったく異なる女なのだと感じ、苦しさがました。

「ゼフィルが好きなのは……、シルヴァなのよ……。わたしなんか愛してない……」

小声でつぶやくと、その事実が自分のなかに浸透し、また涙が盛り上がる。

やがて歯のすきまからもれる声は激しい嗚咽《おえつ》となり、レアは喉をしゃくり上げて泣いた。どれだけ泣きつくしてもまだたりない。

泣けば泣くほど涙はあふれ、レアの頬をつたっていく。

しばらく進むと、霊鳥の浮き彫りが施された重い扉が回廊をふさいでいた。

レアは泣きじゃくりながら、どうしようか考え、取っ手をつかんだ。

そのとたん、白いもやがレアの前にやって来て、レアの行為をとがめるように浮き沈みしたが、レアは火を消すように手を振って白いもやを払いのけた。

「行かせてよ……。ここにいても仕方ないの。わたしはこの城にはふさわしくないんだから……。お願い……、行かせて……」

言って、レアは重い扉をゆっくりと開いた。

すると、目がくらむばかりの光が押しよせ、レアは慌てて顔をそむけた。

静かに顔を前に向けると、茫漠《ぼうばく》とした荒れ野がどこまでも広がっていた。

空には太陽が光っている。

地をおおうひび割れた赤い土とところどころに突き出た縞模様《しまもよう》の断層、切り立った岩だな。風が舞うたび砂塵《さじん》が巻き上がり、足もとをすりぬける。

地の果てが遠くに見え、乾いた薊《あざみ》やテレビンの木が土の間から伸びていた。

これが冥府《めいふ》の大地なのだろうか。

生も死もここではすべて平等で、時間にかぎりはなく、すべてが止まっているように見えた。

レアはブリオーの裾をつかんで、一歩外に踏み出し、目の前に伸びる階段をおりていった。

ゼフィルは太陽のもとには出られない。

どんな周期で太陽が昇り沈むのかわからなかったが、おそらく現世と変わりはないのだろう。

命の営みをおこなう人々や獣がいないだけで。

行きたいところがあるわけではなかったし、行く当てもなかった。

結婚式から逃げ出したときと同じだ。

なにも考えずに出てきてしまった。

自分はどうしてこんなにもおろかなのだろうと改めて思う。

こんなことをしても事態が解決するわけではないのに……。

よくよく考えてみれば、領主さまとの結婚はそういやがるものではなかったと思う。領主さまの悪いうわさは聞かなかったし、自分を気に入ってくれているという。だが、城での生活はきっと恐ろしく不自由で、立派な教育も受けていないレアにはたえがたいにちがいない。

それに、あのときはクラウスのことで混乱していた。

「クラウス……、冥府に来てからすっかり忘れてたわ……。——もういいんだけど……」

いまはゼフィルのことで頭がいっぱいだ。自分を愛してくれない冷たい冥府の王。

ゼフィルがレアの名を呼んでくれたら……。一度でもレアのことを愛していると言ってくれたなら——。

レアは頰をすべる涙を手の甲で拭《ふ》き、また大声をあげて泣こうとした。

そのときだった。

ばさり……と、鳥の羽ばたきのような音が聞こえ、巨大な影がレアの頭上に舞いおりた。

レアはすぐさま上方に目を向けた。

見たこともないほど大きな翼が天に広がっている。

そこにいたのは、翼を生やした空駆ける馬、——ペガサスだ。

艶《つや》やかに光る真っ白なペガサスが、レアに向かって駆け下りてきた。

ペガサスの背に見たことのある男が乗っている。

淡黄色のブリオーを着て、ダマスク織りの長衣をまとった男。

ユーラクロンだった。

ユーラクロンはレアに気づいて、ペガサスについた手綱《たづな》を引き、虚空《こくう》からレアを見下ろした。

「おまえはレア……か。ゼフィルのもとから逃げ出してきたのか」

ゼフィルが軽く手綱を動かすと、ペガサスが白い翼を動かして地上に舞いおり、前足の蹄で乾ききった地をかいた。

レアは翼の生えた光り輝くペガサスを呆然としてながめた。ペガサスは太陽の下で真珠のようなきらめきを放っている。

レアはペガサスに魅了されたあと、その背に乗るユーラクロンに目を戻し、警戒の色を浮かべた。

「……あなた、ここでなにをしてるの……」

「見回りをしていたのだよ。太陽の出ているあいだ地上を見回るのはわたしの重要な仕事だ」

レアは荒涼とした荒れ野をながめた。

「ここが……地上……。ここは冥府じゃないの？」

「冥府と天空の狭間にある、死者のいる地上さ。——おまえはなぜここにいる。この時分ゼフィルは外に出てこられまい。ゼフィルとけんかでもしたのか」

レアは首をすくめ、涙の残った顔を見られまいとして、慌てて袖口で水滴をぬぐった。

「あなたには……、……関係ないわ……」

「あいつはおまえとシルヴァを比べてばかりいるのではないか。あいつには、おまえとシルヴァの区別がつかないのだ。なぜシルヴァが消えたのか、なぜシルヴァが消えねばならなかったのかまるでわかってはおらん。シルヴァが冥府に来てから、あいつの生活はすべてシルヴァが中心だった。あいつにはシルヴァしかいなかった。だが、それはまがいものだよ。そのことをあいつはすっかり忘れてしまった……。シルヴァが忘れさせたのだ。自分へ愛を向けさせるために」

ユーラクロンは唇をゆがめた。

「ゼフィルのもとに戻るか?」

「……戻らないわ。わたしには……行くところなんかない……」

「ならば、わたしのもとへ来るがいい」

ユーラクロンがペガサスの上からレアに向かって手を伸ばし、レアは数歩後ずさった。

ユーラクロンがたじろいだレアを見て、魅惑《みわく》的な微笑をにじませた。

「わたしはゼフィルとは違う。おまえのいやがることはせんさ」

「ゼフィルはあなたのことが嫌いみたい……。あなたと一緒にいるところを見られたら……、また変な誤解を受けてしまうわ……」

「ゼフィルのところに戻るつもりなのか。ゼフィルにどう思われようがおまえには関係ないと思ったが……」

レアはユーラクロンの言葉に戸惑い、言いよどんだ。

ユーラクロンの言うとおりだ。

自分はゼフィルとは関係ない。シルヴァのことしか頭にないゼフィルのもとに戻りたいとは思えなかった。

だが、……。

レアの迷いを見て、ユーラクロンが口のなかで笑いをもらした。

「なにもそうおびえることはない。何度も言うが、おまえのいやがることはしないよ。以前言ったことを忘れたか。わたしはおまえを現世に戻してやれるのだ。おまえに生き返る方法を教えてやろう。ゼフィルが怒ることをするわけではない」

「……本当に現世に戻れるの？　わたし……生き返れるの……？」

「ああ。簡単なことだ。――わたしのもとへ来い」

ユーラクロンがレアに手を差しだし、レアはなおも迷った。

「現世に戻りたくはないのか。それともずっと歩いているつもりか。この先にはなにもないぞ。夜になれば、ゼフィルが見回りに来るだろう。ゼフィルはおまえを見つけて、どうするかな？　おまえを愛してもくれないゼフィルとともに暮らしたいというなら、それでよかろう。あいつの頭のなかはシルヴァのことでいっぱいだ。それもシルヴァが仕向けたことだがな……」

「わたしは……、……ゼフィルのところには行かないわ……。わたしは……現世へ帰るのよ……」

「なら、わたしとともに来るがいい」

レアはそろそろとユーラクロンの手に指を伸ばした。ユーラクロンはレアの手を握りしめて華奢《きゃしゃ》な体を持ち上げ、自分の後ろに乗せた。

「わたしにしっかりつかまっていろ」

ユーラクロンが手綱を動かすと、ペガサスが翼をはためかせて天に舞い上がり、レアは慌ててユーラクロンの腰についた革ひもを握りしめた。

どんどん大地が遠のいていく。

体が浮遊し、鼓動が高鳴る。目もくらむような空の世界は興奮と驚きをもたらし、レアはめまいがしそうになった。

すぐそばで白い翼が羽ばたいている。

地上ははるか彼方に見え、テレビンの木や薊《あざみ》は大地のなかに溶けていった。

ペガサスが虚空を駆けるたび、空へ空へと飛翔《ひしょう》する。

どこかにゼフィルの城があるはずだが、もうなにも見えない。

少しでも態勢を崩せば落ちてしまうような恐怖がこみ上げ、レアはユーラクロンの腰を抱く手に力を込めた。

ユーラクロンはなおも高く天に向かって舞い、とうとう冷たい雲よりも上に到達した。

真っ白な雲のすきまを抜けると、その上に白亜の宮殿が建っている。

雲の上に建てられた宮殿だ。

どこもかしこも磨き抜かれたように白く、円柱が等間隔でならんでいて、半円形のアーチを描く巨大な入口が開き、装飾の施された壁が宮殿をおおっている。

矩形の宮殿の両端や背後に円筒形の建物が建ち、それぞれが石の壁でつながれていた。

宮殿の天井部は円錐形で、同じ形をしたいくつもの屋根が建てられ、金の鐘や銀細工の装飾品が垂れ下がり、間近にある太陽の光を浴びてきらびやかに輝いていた。

ユーラクロンは宮殿の前にある階段の前で手綱を引き、ペガサスの背中からおりて、レアの脇に手を入れ、レアを地におろした。

足もとに白い雲がある。

雲は落ち葉におおわれた地面のようにやわらかかったが、足が抜けることはない。

ユーラクロンがペガサスの尻を軽くたたくと、ペガサスはどこかへ歩いていった。

「こちらだ」

ユーラクロンがレアの手首をつかんで階段をのぼり、列柱の間を通りぬけ巨大なアーチ状の入口を通り、宮殿のなかに入っていった。

宮殿の天井は高く、いたるところに彩色豊かな画が描かれ、左右に広がる長い回廊にもねじれた円柱が並んでいて、円柱と天井を支える部分は乙女の意匠になっていた。

レアはあまりの壮麗《そうれい》さに言葉を失い、天をおおうばかりの頭上を見て、そこに描き出された霊鳥や霊獣にため息をつき、――わずかな不安を抱えながらユーラクロンのあとについていった。

突き当たりの部屋に行くと、扉が音もなく開き、レアが入ると扉が閉じた。

そこは八角形に作られた広間のような部屋だった。

八つのそれぞれの角に太い柱が立ち、天井からおりた白い垂れ幕が柱にくくりつけられている。

壁自体が熱を放っているのかと思うほど温かく、中央に噴水が備えられ、美女の像が肩にかかえる水壺から透明な水がたえることなくこぼれ落ちていた。

噴水のなかには、白や赤や紫の薔薇《ばら》の花びらが浮かび、馥郁《ふくいく》とした芳香《ほうこう》を漂わせている。

噴水のまわりを区切る切石も大理石で、広間のまわりには等間隔で装飾の施された列柱が立ち、列柱の間に雄々しいペガサスや、衣を足に巻きつけた女人、背中に羽を生やしたキューピッド、立派な体を誇示する青年の彫像が建てられていた。

噴水の向こうに帳《とばり》のおりた天蓋《てんがい》つきの巨大な寝台があった。帳は透かし模様の入った亜麻布でできていて、ユーラクロンが寝台に近づいて帳を開くと、光沢のあるやわらかな寝具が目に入った。

寝台の前には織物が敷かれ、地面にじかに座ることができるように真綿のつまったクッションが置かれている。

ユーラクロンが寝台の上に座るのを見て、レアのなかに忘れていた恐怖がよみがえった。足を一歩後ろに引くと、ユーラクロンはレアの様子に気づいたようにレアをながめた。

「なにもせぬと言っているだろう。少なくともおまえのいやがることは、な。こちらへ来るがいい」

ユーラクロンがレアを敷物にうながし、レアは用心しながらユーラクロンのそばに行って腰をおろした。

クッションは体が埋もれるほどやわらかく、ここが本当に雲の上に造られた宮殿なのだということを知らしめる。

どこにも人のいる気配はない。だれがユーラクロンの世話をしているのだろう。

冥府に魂がいるように、天空にもなにかべつの存在がいるのだろうか。

「現世に戻る方法を教えて。そのためにわたしはここへ来たのよ」

ユーラクロンの手がレアのあごを優しくなでる。レアはすぐさま上体を後ろに引き、ユーラクロンの手から逃れた。

「ゼフィルよりわたしの方がいいとは思わんか。この宮殿は美しかろう。ここではなにもかもが思いどおりだ。食べ物も、飲み物も、おまえが望めば現れる。それが天空王の力だよ。わたしとともにここにいろ。そうすれば、いい目を見させてやる」

「話がちがうわ……。わたしは現世に戻る方法を教わりに来たの……。そうじゃなければ……、……帰るわ……」

「ゼフィルには簡単に身をまかせるのに、わたしはいやか。シルヴァとは本当に違うのだな」

「……、……わたしは……シルヴァじゃないもの……」

「シルヴァがわたしに身をまかせたのは、ゼフィルの気を引くためだった。ゼフィルが少しも自分を愛さないことにシルヴァは気づいていたのだ。ゼフィルのこころはいつもべつにあったから」

「……どういうこと……？　ゼフィルはシルヴァを愛しているんでしょう。シルヴァがいなくなったいまも……」

「本人はそう思っているだろうな。シルヴァにもゼフィルにそう思いこませるだけの力があったということさ」

「シルヴァの……力……」

レアはぼんやりと口ずさんだ。あの蜘蛛《くも》も、ユーラクロンも、シルヴァのなにを知っているというのか。

シルヴァのことなどどうでもいいと思ったが、ざわめきは抑えられない。

「シルヴァの秘密ってなんなの？　ゼフィルも知らないシルヴァの秘密って。あなたは知っているんでしょう」

「そんなことを聞いてどうする？　ゼフィルに未練があるのか。だから、わたしのもとへ来たくないのだろう」

「……それは……」

違うと言いたかったが、自分のこころはユーラクロンの言葉が真実であると告げていた。

ゼフィルを愛してしまった。

だれよりも深く。自分を愛するよりも強く——。

なのに、ゼフィルは愛してはくれない。

レアはゼフィルへの愛に改めて気づき、切ない苦しみに身もだえした。

すぐに頭を振り、深呼吸をくり返す。

この気持ちがいつか溶けてなくなることがあるのだろうか……。

忘れたくない、とふいに思う。

ゼフィルを愛していたことを忘れたくはない。

だが、ここにはいられない。シルヴァのことしか見ないゼフィルのそばにいるのはあまりにつらすぎる。

「……わたしは現世に戻るのよ……。どうやったら生き返るのか教えてちょうだい」

ユーラクロンは含み笑いをもらし、寝台の枕の下から一本の短剣を取り出した。

金の柄をもつ短剣だ。装飾のたぐいはなく、鞘《さや》も金色で、とりたてて目を引くようなところはなかった。

「これはわたしの血で作った〈命の剣《つるぎ》〉だ。これがおまえを現世へ帰してくれる」

ユーラクロンが短剣をレアに差しだし、レアはずっしりと重い柄《つか》と鞘を受け取った。

柄をもってやいばを抜くとまばゆい光がこぼれ落ち、銀色の刀身に不安そうな自分の顔が映っていた。

「これをどうしろって言うの……」

「命をあがなえるのは命だけ。忌《い》まわしい冥府で命を持つ者はただ一人、ゼフィルだ。ゼフィルをその剣で刺し貫けば、おまえは生き返ることができる。その剣でゼフィルを殺せ。現世に戻るために」

「この剣で……、ゼフィルを……。……そんなこと……できないわ……」

「なぜできない？　相手は忌まわしい冥府の王だぞ」

「……」

「あいつが死んで悲しむ者などいない。むしろ、冥府の者は自分を締め付ける王がいなくなって喜ぶだろう。人間を殺すのとはちがうんだ。あいつを殺したところで罰せられることはない。あいつを殺せ。——殺すんだ！」

ユーラクロンの瞳が妖しく輝き、レアは刀身のきらめきを見て喉に息をつまらせた。

ゼフィルを殺すなどということが自分にできるだろうかと、レアは自分に問いかけた。

自分はゼフィルを愛している。そのことはまちがいない。

そのゼフィルを……。

「ゼフィルはおまえを愛そうともしない。おまえを見ない。おまえの名前も呼ばない。そんな男に義理立てするというのか。あいつが死ねばすべての者が喜び、おまえは生きて現世に帰ることができる。これほどいいことはないだろう」

「でも……」

「愛しているのか、あの男を」

「……。……そんなことは……ないわ……。あんな人……わたしには関係ない」

「ならば、殺せるだろう。その剣を腰帯のなかに隠して、ゼフィルのもとへいけ。ゼフィルのすきを突き、あいつの体を貫くのだ」

ユーラクロンはレアの太い腰帯に剣の鞘を差し込み、腰帯の背中に短剣を隠した。

レアは背中にあたる固い感触に身震いして、手のひらを短剣にあてがった。

ユーラクロンがレアの迷いを読み取ったかのように優しい言葉をかけた。

「何度も言うように、冥府の王は人間ではない。あいつを殺したところで殺人の禁にはあたらぬさ。あいつは忌まわしき王。だれもがあいつの死を望んでいる」

「あなたも、ね……」

ユーラクロンが鼻先で笑った。

「ああ、わたしもだ。そして、おまえも」

「わたしは……」

「生きて現世に戻りたくないのか。迷うことなどない。現世に戻るために、やるべきことはひとつだ」

ユーラクロンがそこまで言ったときだった。

馬のいななく声がどこからか聞こえ、八つの柱にくくられた垂れ幕が大きく波打ち、疾風とともに広間のなかに入り込んだ。

外に向かって大きく開かれたアーチ状の出入口から、翼を広げた真っ黒なペガサスが垂れ幕をわって広間のなかに駆け込んできた。

「ゼフィル！」

ユーラクロンとレアが同時に言った。

ユーラクロンが寝台から立ち上がり、レアはその場で両ひざを立て、ペガサスにまたがったゼフィルを見た。

「……ゼフィル……、こんな時間に……。いまは太陽が出てるはずよ……。どうして……」

漆黒の長衣に身を包んだゼフィルの顔にはいくつもの赤い火ぶくれができ、衣から出た手も衣の下も皮がめくれ、肉が露出し、無惨《むざん》にただれている。

レアは、ひどいやけどを負った端麗な顔を見てあげかけた悲鳴をこらえ、ゆっくりと立ち上がった。

ゼフィルがレアに向かって手を伸ばし、レアは吸い寄せられるようにその手に指を重ねた。

「わが妻を返してもらうぞ、ユーラクロン」

ユーラクロンがバカにしたように鼻先を鳴らした。

「わざわざこんな時間に出てこずとも、日がおりてからくればいいものを……。その女は返してやるよ。まったく面白くもない女だ。シルヴァとだったら充分楽しめたのだがな」

ユーラクロンがどうでもいいように言い、ゼフィルはレアの体をつかんで自分の後ろにレアを乗せた。

「しっかりとつかまっていろ」

ゼフィルが言い、漆黒のペガサスが翼をはためかせ、レアは慌ててゼフィルの腰にしがみついた。

ペガサスが馬首を翻して広間にしっぽを向け、虚空《こくう》をかいた。

白亜の宮殿を去る間際、ユーラクロンがレアに向かって意味深な笑みを閃かせた。

レアは即座に顔をそむけ、下唇をかみしめた。

＊

黒く輝くペガサスは悠然《ゆうぜん》と翼を動かし、地上に向かっておりていった。レアは下を見るまいとしてゼフィルの体にしがみつき、長衣に顔をうずめた。

さきほどユーラクロンに抱きついていたときとはまるで違う安心感がレアを優しく包み込んだ。

レアは息がつまるほど強くゼフィルの体をつかみ、このままずっと空を飛んでいたいと思った。

永遠に――。

だが、やがてペガサスは冥府の城にたどり着き、ゼフィルは黒曜石《こくようせき》で造られたような漆《しっ》黒《こく》の宮殿の前でペガサスをとめた。

冥府の城をまともに見るのははじめてだが、色が違う以外、天空城とほとんど変わらない。

ゼフィルが自分の腹で固く重ね合わされたレアの手を優しくほどき、レアはゆっくり顔をあげた。

ゼフィルがレアの脇に手を入れてペガサスの背からおろし、レアはいたるところに火ぶくれのできたゼフィルを見て顔をゆがめた。

ペガサスがどこかへ向かって歩いていく。おそらく厩舎《きゅうしゃ》の方向だろう。

そこに何頭のペガサスがいるのかわからないが、ひと気のない天空と違って、冥府では魂たちがペガサスの世話をしているはずだ。

「……手当をしないと……」

レアは眼窩《がんか》に涙をにじませてゼフィルを見上げ、腫れ上がった頬に指を伸ばした。火ぶくれにふれた瞬間、ゼフィルが顔をしかめ、レアはすぐさま手を引っ込めた。

「ぶどう酒……、そうだ、ぶどう酒で洗うってユーラクロンが言ってた」

レアはあたりに目を向け、自分のそばでふわふわと漂う魂に命じた。

「わたしの閨《ねや》にぶどう酒をもってきてちょうだい。濃いぶどう酒よ。それと、体を拭《ふ》くための布も。いますぐにっ」

レアはゼフィルの手首を強引につかみ、階段をのぼって宮殿のなかに入り、正面に伸びる回廊をわたって、自分にあてがわれた寝室に入った。

垂れ幕のおりた室内は薄暗く、燭台《しょくだい》の炎が朱色の光を放っている。

レアは、帳《とばり》を開いて寝台にゼフィルを座らせ、隣に自分も腰をおろした。

すぐに扉が開いて、白いもやがぶどう酒の入った水差しと羊毛の布をもってきた。

レアは水差しをかたむけて羊毛の布にぶどう酒をしみこませ、ゼフィルの顔にできた火ぶくれに濡れ布をあてがった。

ふくれあがった傷口をぶどう酒で拭くとゼフィルがくぐもったうめき声をあげ、レアの手から逃れようとした。

「さわるな。痛い……、痛い、痛い！」

レアはこれまでにないきつい視線でゼフィルをとらえ、母親のような口調で言い放った。

「動かないでっ。男の子なんだから、少しぐらいがまんしなさいっ」

レアが叱咤《しった》すると、ゼフィルは不機嫌に表情をくもらせたが、抵抗はしなかった。

レアはたっぷりとぶどう酒にひたした布で傷口を拭いていった。

どこにも水ぶくれができ、皮がはがれ、赤く引きつれている。

こんな姿になってまで自分を取りもどしに来るなんて……。

自分がシルヴァだからだろうか。——そうにちがいない。

レアは涙を流しそうになったが下唇をかみしめてがまんし、ゼフィルの顔、首筋、手の甲、手のひらを拭いていった。

何度も何度も丹念にぶどう酒をぬり込んでいくと腫《は》れが引き、火ぶくれが治まり、むき出しになった肉の上に新たな皮膚《ひふ》ができはじめた。

レアは少し安堵して、ぶどう酒を布に含ませた。

「衣のなかはどうなの？　なかは大丈夫？」

レアが広い袖口を軽くめくると、そこも赤く腫れ上がっていた。

レアは自分も痛みを感じて泣きたくなる気持ちをこらえ、ゼフィルの長衣に手を伸ばした。

「体も拭くから脱いで」

ゼフィルはしばし無言でいたが、やがてあきらめたのか、腰帯をほどいて長衣とブリオーを脱いだ。

レアの前にはじめて見るゼフィルの裸体がさらされた。

鍛《きた》えているのか理想的に筋肉がつき、腕は太く、胸板は厚い。そばにいるだけで、圧倒されるような熱を感じ、レアは熱くもないのに自分のブリオーの襟元をゆるめた。

立派な体躯《たいく》だったが、太陽《ブレー》のせいでどこもかしこも赤く腫れ上がっている。

下半身には濃青色の脚衣をはいていて、レアは少しほっとした。

レアは布にぶどう酒を含ませ、傷口を洗い流した。広い肩、たくましい腕、肘、脇の下、盛り上がった胸から、さらに腹へ。

「後ろを向いて」

レアが言うと、ゼフィルは長い髪をまとめて胸の前にたらし、レアに背中を向けた。

そこにもたくさんの火ぶくれができていた。

レアはぶどう酒を布にたらして、傷口を丁寧に拭いていった。痛くないように注意しながらぶどう酒をすり込んでいく。

左の肩口を拭こうとしたとき、ふと、火ぶくれとは違う赤黒いあとがあることに気がついた。

ほかの傷は生々しく腫れ上がっているが、この傷は落ちくぼみ、ずっと以前についた傷であることを知らしめている。

レアの胸がふいに高鳴り、息ができなくなってきた。

レアは何度か瞬《またた》きをくり返し、ゼフィルの肩口にできた古傷にそっとふれた。

これまで忘れていた記憶の奔流《ほんりゅう》がレアのなかにあふれかえり、レアは過ぎ去った時間に目をこらした。

「この傷……、この傷はどうしたの……。これ……さっきできた傷じゃないわよね……。これは……、一体……」

喉がからからに渇いていく。

そんなはずはない……とレアは思った。

あのときレアはまだ子どもだった。幼い子どもでなにもわからなかった。

いまのいままで忘れていた。

なぜ思い出したりしたのだろう。

レアは胸におりた流れ星を手のひらで包み込んだ。そうすれば、すべてが明らかになるというように。

レアのなかに記憶の破片が瞬き、忘れていたできごとがまざまざと浮かび上がった。

「その傷は……」

ゼフィルが首をねじって自分の傷に目をおろした。

「ずっと昔……流れ星があたって……、……」

流れ星！

レアの吐く息が荒くなり、倒れそうになったが、流れ星をつかんでもちこたえた。

「その流れ星は……、あなたの肩にあたった流れ星は……、……これね」

レアは胸に下げた流れ星をゼフィルに見せた。

ゼフィルはわずかに目を細めた。

「……、……かもしれない……」

「わたし……、ずっと忘れてたわ……。流れ星のことしかおぼえてなかった……。ずっと忘れてた……。どうしてだろう……。あのときあなたに会ったのに……」

色あせていた記憶がはっきりとよみがえる。盛り上がった涙の向こうに、忘れ去っていた過去の情景が見えた。

＊

レアが六歳のときのことだ。

父母が流行病で亡くなり、レアは毎日涙を流していた。

死者は死ねば流れ星になると伯母に教わり、夜になるといつも流れ星を探して暗い空をながめていた。

ある日、巨大な流れ星が夜空の彼方に瞬いて見えた。

レアはすぐさま部屋から抜け出し、流れ星に向かって走っていった。

あれは父かもしれない。母かもしれない。

レアのことを心配して、戻ってきたのかもしれない。

そう思い、レアは夜のなかにたたずみ、まっすぐに落ちてくる流れ星に向かって腕を伸ばした。

流れ星は灼熱《しゃくねつ》の炎をあげながら赤く燃え上がり、地をうがつような速さで舞いおりてきた。

どこかから馬のいななきが聞こえた。

こんな夜中に馬に乗っているのはだれだろうと思ったが、気にしなかった。

だれかが「危ない！」と声をかける。

だが、幼いレアは自分に向かって落ちてくる流れ星だけを見つめていた。

灼熱の小さな塊《かたまり》がレアの命を奪おうとした、そのとき——。

だれかがレアの体を強く抱きしめ、灼熱の塊からレアを守った。

くぐもった悲鳴がレアの耳に届いた。

レアを抱きしめた男の背中から肉の焦《こ》げるような臭いが放たれ、白い煙が立ちのぼる。

レアは驚いて目を見開き、その場で体を震わせた。

男がゆっくりとレアから体を離した。

月光を宿した夜のような髪。闇を反射して光る瞳。

漆黒の衣をまとった見たこともない美青年だった。

美青年は痛みに顔をしかめ、自分の背中に目をやった。

空から舞いおりてきた流れ星は、灼熱の塊となって青年の肉をさき、肩のなかにめり込んだ。漆黒の衣に血がにじみ、幼いレアは肩に広がる赤いしみを見て唇を震わせた。

「……おじさん……、大丈夫……？　流れ星は……、……」

「流れ星はここだ……」

青年が躊躇《ちゅうちょ》せず自分の傷口に指を差し込み、肉にめり込んだ石にふれた。

青年の顔が大きくゆがみ、食いしばった歯のすきまからうめき声がもれる。

レアは青年の痛みを少しでもわかちあおうとして、傷口を探る指とは反対の手に作られたこぶしを小さな手で握りしめた。

青年がわずかな声をもらしたあと安堵《あんど》のため息をつき、手のひらをレアの前に持ってきた。

そこには、血まみれになった黒い石が乗っていた。

「血がいっぱいついてる……。あなたの血が……。こんな血……、痛いわ……」

レアは目に涙をにじませ、男のために泣いた。これまでレアの涙はずっと父と母のものだった。

他人のために泣いたのは、はじめてだ。

「わたしの代わりにあなたが石にあたっちゃったのね……。わたしが流れ星の下にいたから……、わたしをかばって……。わたし……、お母さんが流れ星になるって聞いたの……。お母さんもお父さんも死んじゃった……。それで死んで流れ星になるって……。でも……これはお父さんでもお母さんでもない……。ごめんなさい……。ごめんなさい……。ごめんなさい……」

「泣くことはない。ほら」

青年が衣の裾で石についた血を丁寧に拭き、レアに向かって差しだした。レアは小さな手でそろそろと石を受け取った。

「これはお守りだよ。おまえのことを守る流れ星だ。大切にとっておきなさい」

「……、……ありがとう」

レアは鼻水をすすって両手で流れ星を包み込み、黒い石をうれしそうにながめたあと、青年に目を戻した。

「けがは？　けがは大丈夫？　手当しないと……！　このままじゃ、あなたが死んじゃうっ。お父さんやお母さんみたいに死んでしまうっ。どうしよう……」

「大丈夫だ。血はすぐ止まる。わたしは死にはしない」

レアが青年の瞳をのぞき込むと、青年がレアのまるい頬を優しくなでた。

「おまえの父母はいま安息のなかにいる。おまえたち人間が望む永遠の安息だ。安息は無の世界だが、おまえの父母は安息のなかでいつもおまえを見守っているから、安心するがいい」

「お父さんもお母さんも、ずっとわたしを見てるの？　本当？」

「ああ、本当だ」

レアは満面の笑みを浮かべ、青年を見返した。

「あなたはここでなにをしてたの？　伯母さんは夜に外に出たらだめだっていうの。悪魔が魂を奪いにくるから。夜は恐いんだって。でも、わたしは夜が好き。あなたはどう？」

「わたしも夜が好きだ。わたしは夜のあるじだからな」

「夜のあるじですって？　すごい！　いつも夜中に出てくるの？」

「いつもはひとりで自分の城にいるさ。今日はあまりに寂しくて……人間のいる地上を見に来たんだ」

「いつも……ずっとひとりなの……？」

「ああ、ずっとだ」

「じゃあ、わたしがそばにいてあげる。ずっとずっとあなたのそばにいてあげる！　そうしたら、きっと寂しくないわ」

レアは青年に抱きつき、青年は「ありがとう」と言ってほほえんだ。

その夜、レアは青年にいろんなことを話した。

両親が死んでからのこと。厳しい伯父、優しいけれどそっけない伯母。意地悪ないとこたち。

刺繍《ししゅう》は得意だが、このあいだは針で指をついてしまい、血がたくさん出た。

「いっぱい出て、すごく痛かったけど、泣かなかったの」

とレアは自慢げに言った。

青年はレアの話にじっと耳をかたむけ、ときおりうなずいた。

やがて東の空が白みはじめ、レアは大きくあくびをした。

青年に寄りかかり、眠い目をしばたたかせる。

青年がレアの頬をなで、やさしく接吻した。

唇がふれたとたん、レアは夢のなかに吸いこまれ、目ざめたときは寝台の上に横たわり、流れ星を握りしめていた。

流れ星のことはおぼえていたが、青年のことは忘れていた。

青年を――、ゼフィルを。

*

レアは、ゼフィルの傷口にそっとふれ、自分のなかにあふれかえった記憶の断片を整理しようとして深呼吸をした。

「わたし……、どうして忘れてたの……。あなたは幼いわたしを助けてくれた。そして、あの日以来……ずっとわたしを見守っていてくれた。あなたはいつも優しい夜で、温かい闇だった。あなたがいたから、どんなときも寂しくなかった。どんなときも……。わたし……どうしてこんな大切なことを忘れてたの……」

ゼフィルは目尻に透明な液体をあふれさせるレアを見て、静かに言った。

「冥府の王が、現世で生きる者に姿をさらすわけにはいかない。だから、わたしと別れたあと、すべてを忘れたんだ。わたしのことを思い出したのは、おまえがいま冥府にいるからだろう」

「あなたも……、わたしのことを忘れていたの……？」

「忘れていたようでもあるし……、おぼえていたようでもある……。どうしてだろうな……。いろんなことがあいまいだ……」

ゼフィルは、遠い記憶を思い出そうとするように目を細めた。

「わたしは……、……あれからずっとおまえを見ていた……。ずっと……」

「どうしてわたしを見ていてくれたの。十年もの間……。わたしが冥府に落ちるまで……」

「おまえはわたしが一番寂しいときにわたしのそばにいてくれた……。だから……」

「あなたはわたしを愛していないんでしょう？　わたしはシルヴァの代わりで……、それで……」

「おまえを愛していないなどとだれが言った」

「だって……、……」

ゼフィルがレアの頬に手をそえ、そっとなでた。レアが六歳のときと同じように。

「おまえを愛している。おまえにはじめて出会ったあのときから、ずっと。ずっと。ずっと――。ずっと愛している。ずっと……」

レアの目から熱いしずくがこぼれ落ちた。心地よい涙はレアのなかに情熱と官能を呼びさました。

ゼフィルの顔が近づき、レアはゆっくりと目を閉じた。

唇がふれた。

たがいの温かさを感じ合うだけの優しい接吻《せっぷん》。ゼフィルの吐息が頬にかかり、レアは小さく身震いした。

ゼフィルの指がレアのあごの下をなで、レアの欲望をあおり立てた。

ふと、レアのなかにひそやかな不安が呼びさまされた。冥府での時間の流れと現世での時間の流れは違うという。

はじめてレアと会ったとき、ゼフィルはすでに冥府でシルヴァとともに暮らしていたのだろうか。

あのとき、幼いレアがシルヴァの生まれ変わりだと知っていたのか。

だから、レアを助けたのか——。

だめだ、だめだ。

シルヴァのことは考えまい。

レアは接吻を受けながら、頭のなかに浮かんだ疑問を払いのけた。

ここにシルヴァはいないのだから。

だれにも邪魔《じゃま》されないふたりだけの時間を過ごしているというのに、なぜシルヴァのことを考える必要があるのだろう。

ゼフィルはいまレアのものだ。ほかのだれのものでもない。

レアは鼻から熱い息を抜き、ゼフィルの接吻を長々と受け止めた。

やがて、ふれるだけの接吻にもどかしさを感じて誘うように唇を開いた。

だが、ゼフィルは唇をふれあわせるだけだ。

レアは焦れて、自分から舌を伸ばした。そこにゼフィルの舌が待っていた。

舌先がふれあい、生き物のように動いて、なまめかしく身をくねらせながら、たがいを絡め取ろうとする。

ゼフィルは唇を吸い上げ、レアの舌を引き出して口に含み、舌先を噛《か》んで舌の裏をつつき、なめ、歯茎《しけい》に舌をすべらせて、口唇に舌を這《は》わせた。

ゼフィルが舌を大きく出すと、レアは舌に吸い付き、顔を前後に動かして、口内で舌を抜き差しし、ゼフィルの舌を包み込んだ。

快楽を感じるすべての部位が舌と唇に集中する。

ひとつに重なった舌が混じり、こわばった体がとろけていく。ゼフィルが背筋に指を這わせるとレアの舌がびくりとうごめき、指先の動きにあわせて絡まった舌がレアの快楽を如実につたえた。

「ン……、ふぅ……」

ひととおり唇を愛撫したあと、ふたりは自然に離れ、たがいの目をのぞき込んだ。

レアはまだ赤いあとの残るゼフィルの頬に手を当てた。

ゼフィルがレアを両手で抱きしめた。優しい抱擁《ほうよう》はいつも自分を見守る夜のようだ。

いまならわかる。

彼は本当にレアを見守る夜だった。闇のなかに身を投じるたび、自分を包み込む温かさをおぼえた。

いまのゼフィルと同じように。

レアはゼフィルの肩に頬を寄せ、たくましい腕に身をゆだねた。

目をつぶると、夜の闇がまぶたの裏に広がり、レアはおだやかな安堵を感じた。

ゼフィルがゆるい力でレアを自分から離し、額に、眉間に、両のまぶたに、鼻先に接吻し、唇をかすめて、耳朶へと唇を這わせ、手のひらを胸にあてがった。

「まって。まって。まって……。だめよ……」

レアは身をよじって抵抗し、ゼフィルがわずかに表情をくもらせた。

「いまさらなんだ。わたしに抱かれるのが……、――いやか」

ゼフィルの双眸《そうぼう》にこれまで見たことのない不安とおびえが宿っている。

「違うの……。けがを治さないと……。足を見せて。足もけがしてるんでしょう」

「この程度、大丈夫だ。そのうち治る」

「そのうちじゃだめよ。――ブレーを脱いで」

すると、ゼフィルが意地悪そうに唇をゆがめた。

「自分で脱がせろ」

「……」

「でなければ、ほかのことをするまでだ」

ゼフィルがレアを寝台に押し倒そうとし、レアは体をよじってゼフィルの手から逃れた。

「……わかったわよ……。脱がせるわ……」

レアは頬を上気させ、寝台からおりてゼフィルの足もとにひざまずき、ブレーの腰に手を入れた。

いったん躊躇したものの、上体があれほど傷ついているのだから下肢も相当のはずだ。

レアは深呼吸して気持ちを落ち着け、ゆっくりとブレーをおろしていった。

ブレーを途中までおろすと、すでに隆々と反《そ》り返った熱塊が足の付け根からレアを威嚇《いかく》した。

レアは視線をそらせてゼフィルの局部を見ないようにし、長靴と一緒にブレーを脱がせた。

レアは水差しを床の上において、羊毛の布にぶどう酒をしみこませ、太陽の熱に焼かれた足を丁寧に拭いていった。

幸い、陰部や尻にけがはなく、ほとんどは大腿とすねに集中していた。

レアは火ぶくれがなくなり赤みが収まるまで傷口をぶどう酒で洗い、最後のはれが鎮まると、小さなため息をついて額に浮いた汗をぬぐった。

全裸になったゼフィルがレアの脇の下に手を入れ、自分のひざにレアを乗せた。

「あっ……」

レアは手に持っていた羊毛の布を卓に置き、ゼフィルの腕におとなしく収まった。衣を脱いだゼフィルに抱かれるのははじめてだ。

ゼフィルはいつもブリオーと長衣を着たままレアを愛撫《あいぶ》していたから。

レアは一糸まとわぬゼフィルに抱かれて背中をわななかせ、ゼフィルの胸に身をあずけた。

ゼフィルが、レアの体に手を伸ばしたとき、ふと気づき、慌ててゼフィルからしりぞいて、寝具の上で仰向けになった。

ゼフィルがレアを追い、レアの上に重なった。

レアはゼフィルに気づかれないよう腰帯の後ろから命の剣を取り出し、枕の下に隠した。

レアは腰帯の背中から剣の固さがなくなると、こころの底から安堵して、ゼフィルの首を抱きしめた。

ゼフィルが腰帯をほどきながらレアの耳朶をなめ、耳の後ろを吸い、首筋へ舌を這わせた。

太い腰帯を放り投げ、ブリオーの上から乳房に手をあてがい、すでに隆起した乳首の感覚を味わって軽く手のひらを揺すった。

「ン……んん……」

手のひらが乳房を包み込むと、レアは心地よいざわめきを感じて吐息をもらした。乳首が手のひらで圧迫され、乳房のなかに押し込まれる。

さらに、二本の指でつかみ上げられ、緩急《かんきゅう》をつけて揉み込まれた。

「あ……ふう……」

ゼフィルは開いた手をレアの背中に持っていって、交差した紐をほどきブリオーを脱がせた。

その下に肌が透けて見えるほど薄いシェーンズを着ている。

こわばった乳首がシェーンズを押し上げ、ゼフィルは赤い乳首をシェーンズの上からつまみ、指の腹でこすりつけた。

「ん……、ぁっ……」

痛みに似た快楽が乳首からもたらされ、レアは腰をうごめかせて背中を寝具にすりつけた。

レアのなかに、なにもかも脱ぎ捨て早く抱き合いたいという気持ちがわき起こった。

ゼフィルはそんなレアの気持ちに気づいているのかいないのか、シェーンズの上から丹念に乳房をいじっている。

レアはゼフィルのゆるい愛撫にたえきれず、背中をそらせて、

「ゼフィル……、早く……」

と言い、口にした瞬間、顔を真っ赤にほてらせた。

「本当におまえはいやらしい女だな。——レア」

レアは恥ずかしさを感じてゼフィルから顔をそむけたが、ゼフィルが自分の名前を呼んだことに気づき、胸の底から多幸感をわき上がらせ、喜びを全身で味わった。

「もっとわたしの名前を呼んで。もっとたくさん……」

「どれだけだって呼んでやるさ、レア。おまえの好きなだけ。わたしはおまえのものだ、レア。そして、おまえはわたしのもの。レア、おまえを愛している」

ゼフィルがシェーンズを脱がせ、赤くほてった裸体がゼフィルの前にさらされる。

女性らしい鎖骨、こわばった乳首、ゆるい曲線を描く乳房、浮き上がったあばら、くびれた腰、なだらかな腹、恥じらうような薄い茂み、白く伸びる脚。

ゼフィルはレアの体を視線で存分に犯したあと、さきほどもてあそんでいた胸を直接つかみ上げ、強くこね回し、いやらしく硬直した乳首を揉み込んだ。

「んん……あぁ……」

ゼフィルはレアの上に倒れ込むように体をあわせた。

衣を隔てていない素肌が密着すると、離れがたい力を感じてゼフィルはレアの耳をなめ、レアはゼフィルの首筋にしがみつき、たがいの体温が与える快さを堪能《たんのう》した。

ゼフィルの手がレアの尖った乳首をもてあそび、先端を押し込んで、手のひらに乳房を収め、ゆるい力で揉み込んだ。

「レア……、おまえはわたしがおまえを愛していないと思っていたのか」

ゼフィルがぎゅっと乳房をつかみ上げ、レアの瞳をのぞき込んだ。レアのなかにこらえていた感情が盛り上がった。

「だって……、あなたは一度もわたしの名前を呼んでくれなかった。一度もよ。いつだってシルヴァのことばっかり……。わたしのことなんて……」

ゼフィルが乳房から手を離し、レアの体を抱きしめ亜麻《あま》色の光り輝く髪をなでた。

「言わなくてもわかっていると思ったよ。愛している、レア」

「もっと言って。もっとたくさん……」

「愛してる。愛してる。愛してる……。——愛してる……」

ゼフィルが軽くレアから上体を起こし、レアの前髪を額から払った。

「おまえが永遠の安息のなかに落ちても、おまえから離れない。レア、おまえを愛している」

「わたしもよ」

レアはゼフィルの首にしがみつき、自分のなかにあふれる気持ちを抑えきれず、ゼフィルに接吻の雨を降らせ、首筋に何度も口づけをした。

ゼフィルの首に赤いあとがつき、レアは自分のつけたあとをながめ、唇に恥じらいを浮かべた。

ゼフィルの体重は気持ちよく、他人といることがこんなにくつろげるのかと思うと、不思議な気がした。

自分ひとりでいるより、安らげるなんて。

だれかを愛し、愛されるということは、こんなにも気持ちいい。

「わたしもあなたを愛してる。あなただけが好き。あなただけよ。わたしのすべてはあなたのものだわ。わたしのなにもかも」

「ここもか」

ゼフィルがレアの乳首をつまみ上げ、指先でもてあそんだ。

「んっ」

レアは小さな声をもらし、こぶしを口もとにあてがった。

「どうなんだ、ここもわたしのものか」

「そ……、そうよ……」

「ここはどうだ」

今度は乳房全体を手のひらで包み込み、強く弱く、緩急をつけてこね回し、手のひらでしぼりあげた。

「ここはだれのものなんだ」

「……あなたのものよ」

　ゼフィルはそう言って、鎖骨を数えるようになでていき、へそのまわりをくすぐり、下腹をなでて茂みに指を絡ませ、秘裂に手のひらをあてがった。

　もうそこはしっとりと濡れ、ゼフィルが手をそえると、レアは悦楽を感じて喉をのけぞらせた。

「ん……、あぁ……」

「ここはだれのものだ？」

　ゼフィルが秘裂《ひれつ》を包む手に力を込める。秘唇《ひしん》がびくびくと収縮し、ふれあった部位すべてから喜びが与えられ、レアはゼフィルの手を逃すまいとしてしっかりと脚を閉じた。

「あなたのものよ……。すべてあなたのもの……」

　レアは熱に浮かされるように言い、ゼフィルの手の動きを待った。

　ゼフィルがレアの言葉に満足して、むさぼるようにレアの唇を味わい、口唇をなめつくし、舌を吸い上げたあと、唇を耳から喉へ移動させ、あらゆるところをなめていった。

「あっ……、ふぅ……」

鎖骨のくぼみに舌を這わせ、乳房のまるみに唇をあてがい、開いた手で乳房をこね上げ、反対の手を秘裂にあてがったまま、乳首に吸い付き舌でころがした。

乳房をつかむ手は細やかによく動き、レアの欲望をあおり立てるように乳房の形を変え、しぼり、揉んでいく。

だが秘裂にあてがわれた手はいっこうに動かず、レアは焦れてみずから腰を揺らめかせた。

ゼフィルはレアの動きにすぐ気づき、目を細めて、レアの下肢をながめた。

「腰が動いているぞ。わたしにどうしてほしいんだ?」

「あ……、ふ……」

レアはゼフィルの首に腕を絡めたまま、恥じらいと欲するものが与えられないもどかしさの両方に頬を染め、抵抗するように首を振った。

「なら、もうやめよう」

ゼフィルが秘裂から手を離そうとし、レアはいそいで膝頭に力を込め、ゼフィルの手を内股に挟み込んだ。

「だめ!　やめないで……」

「いやなんじゃないのか?」

「いやじゃない……。いっぱい……してほしい……。気持ちいいこと……いっぱいいっぱ

いしてほしいの……」

頬を上気させて言ったとたん、ゼフィルが秘裂を包む手に力を込め、こきざみに動かした。

手のひらをこすりつけるように秘部を揉み込み、強い刺激を与えていく。

ゼフィルの動きが速さを増し、快楽が大きくなるにしたがって、レアを包んでいた羞恥《しゅうち》心の殻《から》がはがれ落ち、レアは両手を寝具に広げて熱い吐息をもらした。

「あぁ……、んふぅ……、気持ち……いい……」

ゼフィルはぷっくりとふくらんだ花弁を引っぱり、付け根を指で引っかき、ひとしきりもてあそんだあと、左右に押し広げ、秘部に指を挿入した。

濡れそぼった秘部は容易に指を受け入れ、ゼフィルが浅い部分を突くと、レアはこれまでにない声をあげて喜んだ。

「んん……、あ……、はぁ……」

ゼフィルは乳房に大きく吸い付き、乳首を舌で突きながら秘部に指を回し入れ、入口を掻き出し、浅い部分を集中的に攻め立てた。

「ンふう……、ん……」

指が一番感じる部位を掻き出し、押し広げ、快楽だけを与えながら、秘部をほぐしていく。

いやらしい蜜《みつ》がしたたり落ち、指がさまざまな部位を探ると、レアは背中をわななかせた。

ゼフィルが乳首から口をはずし、下方へと唇を動かした。胸の間をなめ、腹に舌を合わせ、茂みを丹念になぞってから、蜜で光る秘裂に接吻《せっぷん》した。

レアの内股から女の匂いが立ちのぼり、ゼフィルはレアの香りを吸いこみ、あらわになった秘部をながめた。

「あんまり見ないで……。恥ずかしい……」

レアが脚を閉じようとすると、ゼフィルがレアの大腿に爪を立てた。

「閉じるな。なにもしてやらんぞ」

「……いや……そんなの……。もっとして……」

「なめるのと、手でするのとどちらがいい？」

レアは耳まで赤く染め、下唇をかみしめたあと、震える口をゆっくりと開いた。

「……なめて……ほしい……」

言った瞬間、目を閉じて顔をそむけ、ゼフィルの吐息を内股に感じた。

ゼフィルがレアの内股の後ろに手をあてがい、大きく持ち上げて、膝頭をレアの胸に押し当てた。

「あっ……、や……！」

秘部だけでなく、尻の蕾《つぼみ》まで見える格好に驚き身をよじったが、どうにもならない。いやらしい部位がすべてゼフィルの目の前にさらされ、レアは寝具を握りしめて羞恥にたえた。

「暴れるなよ」

ゼフィルが舌を伸ばして、秘裂を大きくなめあげた。

「あっ……、はぁ……！」

裂け目にそってねっとりと舌を動かし、秘裂を包む左右の盛り上がりや、花びら、花びらの溝をなぞり、顔を上下に動かしていく。

丹念に愛撫をくり返し、犬のようにしつこくなめつづけると、花びらがほころび、秘部があらわになっていった。

「もうすっかり慣れたようだな。ここが物欲しげに動いている」

ゼフィルが、レアの秘部に舌を立てた。

「ん……、ふぅ……。……あなたのせいよ……。あなたのせいでこんな風になったんだから……」

自分の意思とは無関係にうごめく秘唇やその奥に秘められた部位まで見られていると思うと恥ずかしさがつのったが、もっとしてほしいという気持ちが勝り、レアの全身から力が抜けた。

「んん……、はぁ……」

ゼフィルが秘裂の上部に息づく突起を口に含み、吸い付いた。

「あっ……！」

突起を唇で挟みながら先端をなめあげ、舌先で軽く突っつき、はじき、突起全体をまわし、舌と唇でころがした。

舌からもたらされる官能は、体のすみずみにさざ波をまき起こし、レアは情熱のうちに甘い声をほとばしらせた。

「あぁ……！」

ゼフィルが歯で突起をしごいたあと、包皮を指でむいて、露出した突起をなめあげる。

舌で突起全体を摩擦《まさつ》し、微妙な強弱をつけながら、徐々に強く突起を圧迫し、レアを追いつめた。

突起を口内で包み込み、なにもせずにいたかと思うと、軽く歯で刺激し、唇で挟んで吸引しながら引っ張り上げる。

突起が唇から離れると、また突起に吸い付き、唇で挟んで引っぱった。

「ンふぅ……」

舌先を尖らせてこきざみになめ、先端を突っつき、付け根にえぐり込むように舌の先端を押し当てる。

何度も軽やかに口づけされ、前歯と舌でこりこりと甘噛《が》みされると、レアのなかに鮮烈《せんれつ》な官能が駆けめぐった。

「く……、ン……」

ゼフィルは大きく舌を出して、突起をなめおろしたあと、あらわになった秘部に舌を入れて膣壁を突き上げ、秘裂にそって舌を動かし、突起までたどり着くと、すかさず先端をころがし、また秘裂をなめていく。

秘裂と蜜口《みつぐち》、突起があますところなくなめつくされ、欲望があおり立てられると、レアの背中がしなり、両脚が硬直した。

「あ……、はっ……、んんっ、あぁ……！」

突起が激しく吸い上げられ、歯で軽く噛まれ、舌でなめおろされたとたん、官能の荒波が衝撃となって押しよせ、レアは腰を大きくあげて、全身をおおう喜びに身をまかせた。

秘部が収縮をくり返し、何度も腰が跳ね上がる。

ゼフィルは突起をしばらくなめていたが、やがて二本の指を滑り込ませ、蜜口をいじりはじめた。

「あぁ……、んふぅ……」

突起とは違う刺激が体を駆けめぐり、自分が恥ずかしい格好をしているということも忘れて、いやらしいあえぎ声をもらした。

「ふぅ……、……」

ゼフィルが指を伸ばして蜜口を探り、膣壁《ちつへき》をこすりあげ、膣内を刺激した。

ときおり秘部から指を抜き、ふくれあがった秘裂を手のひらで揉み込み、花びらを引っぱり、また蜜口に指を突き入れる。

「ぁ……、はぁ……」

やがてレアのなかにこらえがたい欲望があふれ、蜜となってこぼれ落ちた。

「もうそろそろ……」

ゼフィルが顔をあげ、秘裂に息を吹きかけた。

「んふ……」

「なにをしてほしいかはっきりと言え」

レアはそろそろと秘部に手を伸ばし、人差し指と中指で花びらを左右に開いて、膣奥をあらわにした。

「ここに……、あなたのを入れて……。たくさん入れてほしい」

ゼフィルは端麗《たんれい》な唇にわずかな笑みを浮かべ、そそり立った部位をレアの秘部にあてがった。

ふたりのなかから出る液をなじませるように秘裂の上を行き来させる。

入れるかと思えば先端で秘裂をなぞり、突起を押さえ込んだあと、熱杭を秘裂の下方へと移動させた。

太い胴部が突起と裂け目をこすりあげ、ゼフィルの陰部と秘裂のもたらす熱い摩擦が体中をとろかせていく。

ゼフィルは何度も腰を前後させて熱杭を秘裂にすりこみ、レアは吐息をもらしながら寝具を強く握りしめた。

レアはたえられなくなって腰を揺らめかせ、薄く目を開いて猛《たけ》り狂った部位をながめた。

「いや……、焦らさないで……。早く入れて……。気持ちいいこと……してほしい……」

言った瞬間、真っ赤になって強くまぶたを閉ざし、ゼフィルは花弁の中心に先端をあてがい、ゆっくりと腰を押し進めた。

狭い蜜口が押し広げられ、熱い肉塊がうがたれていく。

レアは体を引きつらせて自分のなかに広がる痛みにたえ、また自分のなかを満たされることの喜びを感じた。

「痛いか?」

「……少し……。……でも平気……。やめないで……」

先端のくびれまでが収まり、蜜口が収縮してゼフィルを締め上げ、ゼフィルはわずかに眉をけいれんさせてレアの感触を楽しみ、しばらく動かずにいたあと、ゆっくりと抜き差ししていった。

「んふぅ……、ぁぁ……」

レアの様子を見ながら、じれったくなるほどゆるい動きで、熱塊《ねつかい》を抽送《ちゅうそう》する。

それでも、張り出した部位で膣壁がこすられ、狭い秘部が押し広げられると、快楽の片《へん》鱗《りん》を感じ、レアはゼフィルの動きにあわせて胸を上下させた。

「ん……、く……」

いったん奥まで腰を沈めたあと、ゼフィルが動きをとめ、レアは薄目を開いてゼフィルをうかがった。

同時に、ゼフィルが激しくレアを突き上げ、レアはその勢いに驚いて、高い悲鳴を飲み込んだ。

「あっ……、はぁ……！」

ゼフィルは秘部の入口をこきざみに浅く突き、深く腰を進めて膣奥を圧迫した。

ゆっくりと差し入れたと思うと、すばやく引き抜き、勢いをつけて貫いたあと、焦らすように抜いていく。

「だめ……、抜いちゃだめ！」

レアの言葉にあわせて秘部がきゅっとすぼまり、ゼフィルが思わず背筋を震わせ、吐息をもらした。

「あまり強くしめるな。まだおわってほしくないだろう？」

「ん……、……」

レアは淫らな声で肯定の意をあらわし、体の力をぬいてゼフィルの動きを待った。

ゼフィルは腰の角度を変えて膣の上部をこすりながら突き入れ、また角度を変えて膣の下方をえぐりながら抜いていった。

さらに、ふくれあがった先端を最奥まで侵入させ、腰を回して膣奥を刺激する。

レアはゼフィルの体の一部からもたらされる愉悦を全身で受け止め、ひざを曲げてゼフィルの腰を抱え込み、ゼフィルの体にしがみついた。

「……すごく……すごく気持ちいい……!」

「おまえはだれにされても気持ちよくなるんじゃないのか」

「そ……そんなことない……。こんな風になるのはあなただからよ、ゼフィル……」

「乳首がこんなに硬くなって、ここがふくらんでいるな。ここが感じるんだろう?」

ゼフィルが挿入したまま突起をつまみ、指の腹をこすりつけた。

「ひっ……」

腰を押し進め、突き入れながら突起をもてあそばれると、官能の波にさらわれ、どうにかなってしまいそうだ。

ゼフィルはレアの体を持ち上げ、上体を起こし、向き合って座る格好になった。

「く……っ、ぁ……、はぁ……っ」

片手で背中を抱きよせながら、開いた手で突起をもてあそび、腰を突き上げレアを翻弄《ほんろう》する。

乳房が硬い胸筋にあたってつぶれ、乳首が乳房に押し込まれた。

レアは体中から喜びを得ようとしてゼフィルの首筋にしっかりと腕を絡め、ゼフィルの腰を脚で抱えて、体をぴったりと密着させた。

「ゼフィル……、あなたが好き……。あなたの目も、髪も、声も、体も……、あなたのところも……、すべて好きよ」

「好きなのは、体だけだろう?」

「……違うわ……。体も好きだけど……、全部好きなの……。全部よ……」

たくましい腕が自分を引きよせ、裸体のまま抱きしめられると、肌が溶け合い、ひとつになり、ふたりをわけていた壁や誤解、ふたりの間にある違いがすべて消え去った。

もはやだれもふたりを引き離すことができず、たがいはたがいのためだけに存在し、ゼフィルのために惜しいものなどなにひとつないとレアは思った。

自分は永遠にゼフィルとともにいる。

ゼフィルがいないのであれば、死後の安息《あんそく》でさえ意味がない。

ゼフィルに捧げる愛が、自分のもてるすべてだった。

レアはしっかりとゼフィルにしがみつき、懸命《けんめい》に腰を揺らめかせ、ゼフィルの動きにあわせた。

ゼフィルは下方からレアを突き上げ、膣壁を押し広げ、先端でこすりあげてえぐり出し、膣奥を突いた。

「んふぅ……、あぁ……っ、ぁっ」

レアは自分のなかでふくれあがるゼフィルの熱を感じ、ゼフィルの背中に爪を立てた。

「そばにいて……。わたしのそばに……。わたしを離さないで……！」

「だれがおまえを離すものか。おまえがわたしに飽きて、わたしを捨てていったとしても、わたしはおまえを取りもどすさ」

「あなたを捨てるなんて……、そんなことしないわ……」

「さて、どうだか」

ゼフィルが冗談めかした声音で言い、激しくレアを突き上げた。

膣壁が張り出した部位でえぐり返され、最奥をうがたれると、背中がわななき、嵐のような激しいうねりが下腹の底から呼びさまされた。

「あぁっ……、あ……」

ゼフィルの背中に爪が食い込み、わずかな血がもれたがレアは気づかず、こみ上げる快楽に全身をゆだねていく。

熱杭がレアのなかを行き来し、張り出した部位で蜜が掻き出され、先端が膣壁をこすり

つけ、レアの下腹に熱がたまる。

ゼフィルが激しく腰を動かし、レアがゼフィルにあわせて腰を揺らめかせるたび、レアの秘部とゼフィルの肉塊がもたらす摩擦が、ふたりにこれまでにない愉悦を与え、吐息がまざり、熱が絡まった。

「ンンン……、くぅ……」

ゼフィルが腰を突き進めながら、突起をもてあそび、先端を押し込み、レアは熱杭による突き上げと指からもたらされる快楽にたえきれず、懸命に腰を揺り動かした。

甘い悦楽が背中を駆けぬけ、レアの首筋を通っていく。

レアのなかを熱夢が行き交い、レアをとらえていたすべての鎖が解き放たれる。

ゼフィルが容赦《ようしゃ》なくレアを攻め立て、突起を揉み込んだまま、何度も何度も貫くと、レアの頭が真っ白になり、下腹の底でなにかがはじけ、つま先にしびれが走った。

「あぁっ！　んんっ……、あぁ……っ！」

レアは官能のなかに放り出され、ゼフィルの首に手を絡めたまま背中をしならせて、自分のなかを駆けめぐる欲望の余韻に身をひたした。

ゼフィルはレアが達したのを見て、なおも激しく腰を突き上げ、やがて体を震わせ、レアのなかに命のしぶきをほとばしらせた。

第五章　冥府の女王

ゼフィルがレアを見つめ、レアもゼフィルを見つめ返した。

ゼフィルがレアの頬をなで、レアはその心地よさに身震いして、ゼフィルの接吻《せっぷん》を受け止めた。

愛の営みを終えたふたりは、長い間たがいの体を温めていたが、やがてゼフィルが上体を起こしてレアの頬に接吻し、「冥府の王のつとめがある」と言って身支度を整えはじめた。

レアは寝具を引きよせて胸を隠し、ゼフィルの腕をつかんだ。

「ゼフィル……、お願いがあるの」

「どうした」

「わたしにあなたの血を飲ませて……。七日経てば、魂《たましい》は消えてしまうんでしょう。その前にあなたの血を飲ませてほしい。わたしをあなたとともにいさせて。あなたが最初に言ったように」

薄紫色のブリオーを着て金色の細い腰帯を巻いたゼフィルが、寝台のへりに座り、苦しそうな顔をしてレアの頬におりる亜麻《あま》色の髪を指に絡めた。

「わたしの血は……飲まない方がいいかもしれない……」

「どうして？　どうしてそんなことを言うの？」

「魂が消えるのは、安息のためだ。おまえたちの望む死後の安息を得、永遠の楽園へ行くため。ここに残れば、死後の安息は得られず、長い間……、長い長い間生きていかねばならない……。おまえが思う以上に過酷《かこく》なことだ」

「でも……、ひとりじゃないわ……。あなたがいるもの。あなたとともに過ごす時間なら、どれだけ長くても長すぎることはないわ。あなたとずっと一緒にいたい。永遠にそばにいたいの」

「永遠にはいられない。わたしはここでおまえより長く過ごしている。だから、わたしが先に死ぬだろう……。千年先か……、二千年先か……。そうすれば、おまえはどうなる？　おまえは長い時をひとりで生きつづけなければならない。この冥府《めいふ》で……」

「だって……、あなた、最初にわたしを冥府の女王にするって言ったわ。だから、わたしに現世での姿を与えたんでしょう？　なのに、どうしていまになってそんなことを言うの。

……わたしが嫌いになった？　わたしが……、……」

シルヴァではないから。

だから、自分を冥府の女王にはしたくないのか。

やはり自分はシルヴァを越えることができないと思い、レアは苦い涙を懸命《けんめい》にこらえた。

「おまえを愛している、レア。おまえの言ったとおり、はじめはおまえを冥府の女王にするつもりでいた。おまえが死んでここに来たとき、おまえを女王にすることがわたしの幸せだと思ったよ。おまえがそばにいれば、わたしは幸せだとな。……だが、わたしは自分のことよりもおまえを愛してしまった。おまえがだれよりも深くわたしを愛すると言ったときに、気づいたんだ。自分を愛するより深くおまえを愛していると……。冥府の女王になれば、死後の安息は得られず、死んだあと魂《たましい》は永遠の闇を浮遊することになる。おまえにそんな苦しみを味わわせたくはない」

レアは、自分の頬をなでるゼフィルの手に指を重ねた。

「死後の安息なんていらないわ。あなたと一緒にいる方が、わたしには大切よ。わたしがここでひとりになるのが心配なら、あなたはなるべく長く生きて、わたしとともにいて。お願い」

ゼフィルは苦しげに唇を震わせ、レアの眉間に接吻したあと、レアの指から手を抜いた。

「まだ時間はある。ゆっくりと考えるがいい」

「わたしの気持ちは変わらないわ」

「おやすみ」

レアが寝台に横たわると、ゼフィルが優しく口づけし、レアは心地よい眠りに誘われた。

＊

枕の下に手のひらを入れた瞬間、指先にふれた固い感触に気づいてレアは目を開いた。忘れていた。命の剣《つるぎ》だ。

レアは枕の下から短剣を取りだし、金色の柄《つか》を握りしめ、鞘《さや》からやいばを引き抜いた。銀色に輝く刀身はレアのなかに緊張と恐怖をもたらし、レアはすぐにやいばを鞘に戻して、長いすの上に置かれた空色のシェーンズに袖を通し、萌葱《もえぎ》色のブリオーを着た。

白いもやがやって来て、背中の紐を結ぶのを手伝った。

「ありがとう」

レアは白いもやに礼を言って、若菜色の腰帯をしめて靴を履き、短剣を胸に抱いて閨《ねや》の外へ出た。

薄暗い回廊《かいろう》を見て左に向かって歩き、突き当たりの壁に手を当て扉を開いた。

八つの扉がある八角形の広間があった。

レアが三番目の扉を開くと冷たい風が吹きよせ、レアはしばしその場に立っていた。

やがて風が収まり、レアはそろそろと顔をあげた。

眼前に森の景色が広がっている。

以前見たときと変わらない。闇がひしめき、夜が満ち、木々が眠りについている。

一歩足を踏み出すと、寒さが体を凍えさせた。

レアは背筋を震わせ、森のなかに歩を進めた。

青々と葉を茂らせた樫《かし》や寂しい枝を伸ばした白樺《しらかば》の間を抜け、足もとに注意しながらゆっくりと歩いていく。

闇は深かったが、樫の木の葉の一枚まではっきりと見えた。

「どこだったっけ。……このあたりだと思うけど……」

レアがつま先を出した瞬間、足場が崩れ、レアは即座に退いた。

小石が、切り立った崖《がけ》の下に音を立ててころがりおちる。

レアの心臓に冷気が駆け上がり、レアは悲鳴を飲み込んで、全身をこわばらせた。

危ない、危ない。

今度はだれも助けてはくれないだろう。

レアはじりじりと右足を出して、恐怖をこらえながら漆黒の闇が広がる崖の下をのぞき込んだ。

ずいぶん高く、下方には暗闇があるだけだ。

レアは胸に抱いていた短剣を手につかんだ。

「わたしには用のないものよ。ユーラクロンに返せたらいいんだけど、あの男に会って、ゼフィルにまた変な誤解をされたくないし……。ここに捨てるのが一番だわ」

レアが暗闇の果てに短剣を投げ捨てようとした、そのときだった。

レアのすぐそばに金色の小鳥が飛んできて、レアのそばに伸びた櫟《いちい》の枝に止まった。

レアは葉の茂る梢《こずえ》の上で美しくさえずる小鳥を見て、目を細めた。

「あなた……、見たことがあるわ……。わたしが崖から落ちたとき……」

小鳥が、だれかを呼ぶようにちりちりとさえずった。

レアを恐がる様子もない。

よく見ると、金色だと思った翼は艶《つや》やかな亜麻《あま》色だった。

小鳥のさえずりが、はっきりとした声となってレアの耳に響いた。

ゼフィル、ゼフィル、と――。

小鳥はいまやはっきりとゼフィルの名を呼んでいた。

「あなたも冥府の魔物なの……？　一体何者……」

小鳥はしきりとゼフィルの名を呼んでいた。――ゼフィル。ゼフィル。ゼフィル……！

遠くからゼフィルの声が聞こえた。

レア、どこだ。

レア……、レア！

レアは背後の闇に視線を移しかえ、また小鳥に目を戻した。

すると、亜麻色の小鳥が形を変え、まったく違うべつの姿になった。

レアは「あ……っ」と声をあげ、つま先をすくめた。

おびえたレアの手から力が抜け、短剣が滑り落ちる。

レアは、すぐさま地面に落ちた短剣を拾い上げようとしたが、べつの手が短剣をつかんだ。

——そこに、シルヴァが立っていた。

レアは挑戦的な琥珀《こはく》色の瞳を見返した。

レアを呼ぶゼフィルの声が次第に近づき、木々をかきわける音が間近で聞こえた。

「レア……、どこだ。レア……！」

レアはゼフィルに応えようかどうか迷い、シルヴァに目を戻した。

シルヴァの体はレアとは異なり、背後の景色が透けて見える。

だが、シルヴァは短剣をしっかりと握りしめ、鞘《さや》を抜いてやいばをむき出しにした。

シルヴァが、だれをも魅了する赤い唇を開いた。

「ゼフィルはわたしのもの。あなたにゼフィルは渡さないわ」

レアはおそるおそる訊き返した。

「あなたは死んだんでしょう……？」

「さあ、どうかしら」

すぐ背後で灌木《かんぼく》の折れる音がして、ゼフィルが姿をあらわした。

「レア！」

「ゼフィル……」

レアが背後をふり返り、戸惑いと喜びのなかでゼフィルの名を呼んだとき。

シルヴァがレアの手首をつかんで背中にひねりあげ、レアの首筋に短剣をあてがった。

シルヴァの力は思いのほか強く、腕がねじりあげられ、短剣を喉にそえられると、痛みと恐怖でめまいがした。

ゼフィルが足をとめ、目を見開いた。

「おまえは……、シルヴァ……。なぜここに……」

レアは青ざめた顔でゼフィルを見た。背後には美しいシルヴァがいる。

ゼフィルの愛するシルヴァが――。

そう思うと胸が騒ぎ、こめかみが痛んだ。

「わたしは死んでから、ずっとあなたのそばにいたわ。……気づかなかった？」

「シルヴァ……、わたしは……」

ゼフィルはなにか言おうとして、言葉を換えた。

「それよりなにをしているんだ。レアを離せ」

「この剣がなにかわかる？」

シルヴァはゼフィルの言葉を聞かず、ゼフィルの注意をレアの首にそえられた短剣にうながした。

「これはユーラクロンが与えた命の剣。この子はあなたを殺して、現世に戻ろうとしていたのよ」

ゼフィルは瞳に驚きを浮かべ、レアを見た。

「違うわ！」

レアは大声で叫んだ。

「違う。違うのよっ。ユーラクロンから剣をもらったのは本当だけど……、……あなたを殺す気なんてなかった。だから、ここに捨てに来たの。わたしには必要ないから」

ゼフィルがレアからシルヴァに視線を移しかえた。

「シルヴァ、その手を離すんだ」

「わたしよりもこの子を信じるの？　あなたはいつもレアのことばかりなのね」

ゼフィルが口をつぐみ、レアはシルヴァの言葉を聞いて、思わずシルヴァに言った。

「ゼフィルはあなたを愛しているのよ、シルヴァ。わたしよりもあなたのことを……」

「そうなの？　ゼフィル」

「わたしは……」

ゼフィルが苦しげに言いよどみ、シルヴァが妖しい笑みを浮かべた。

「ゼフィル、あなたも知っているでしょう。まだこの子は死にきっていない。いま命の剣でこの子を貫けば、わたしは冥府の女王としてよみがえり、あなたとともに暮らすことができる」

シルヴァがゼフィルに短剣を差しだした。

レアは逃げようとしたが、足がすくんで動かなかった。

シルヴァはレアが少しでもおかしな気配を見せれば、すぐそばの崖にレアを突き落とすにちがいない。

「さあ、ゼフィル、わたしかこの子か、どちらかを選んで。この子の命でわたしの命をあがなってちょうだい。ゼフィル、わたしの愛しい人。わたしの目の前で、この子を命の剣で刺し貫いて」

ゼフィルはむき出しの剣を見つめ、息をつめた。

「あなたがやらないなら、わたしがやるわ！　わたしがこの手でこの子を殺すっ」

シルヴァがレアの首筋に短剣を閃《ひらめ》かせ、慌ててゼフィルが、

「待て！」と言い、手を伸ばした。

「待て、シルヴァ。待つんだ」

シルヴァが短剣を差しだすと、ゼフィルが震える手で受け取った。

「あなたが愛しているのは、わたしなの？　それともこの子？　どちらかを選んで。あなたがこの子の魂に永遠の闇を与えられないなら、わたしがやるわ。わたしがこの子に本当の死を与える。それがいやなら、わたしをその剣で貫いて」

ゼフィルは白銀に輝くやいばを見た。

シルヴァは躊躇《ちゅうちょ》するゼフィルを見て、なおも言った。

「命の剣で貫かれた魂《たましい》は、永遠の闇をさまようことになる。死後の安息は得られない。――そのくらいわたしも知ってるわ。だけど、あなたがこの子と幸せに暮らす姿は見たくないの」

短剣をつかむゼフィルの手がこきざみに震えた。

ゼフィルは、レアを見て、シルヴァを見た。またレアに目を戻す。

「あなただってわかっているでしょう。ふたりを等しく愛することなどできない……。――ふたりを同時に手に入れることはできないのよ。ゼフィル、どちらかを選んでちょうだい。わたしか、この子か」

「ゼフィル！」

レアは涙のにじむ声で愛しい名を呼んだ。

「わたしを刺して！　わたしに二度目の死をっ。わたしは、あなたを愛するこの気持ちで充分だわ。あなたに愛してほしかったけど……、シルヴァ以上に愛してほしかったけど……、でも、わたしはあなたを愛せたことがうれしいの。こんなにも深くだれかを愛せたことが……。あなたの苦しむ顔は見たくない。シルヴァとともに幸せに暮らして。だから……、わたしを……」

「レア……」

ゼフィルが青ざめた顔で言い、レアは涙をにじませたままほほえんだ。

「さようなら、ゼフィル……」

レアがゼフィルの手をつかんで、自分の首筋に短剣を閃かせようとしたとき、ゼフィルが強い力で切っ先を翻した。

自分の胸へ——。

「ゼフィル……、ゼフィルーっ！」

レアの悲鳴が闇のなかにとどろき、ゼフィルの胸に赤い環が広がった。

「ゼフィル！　ゼフィル！」

レアは、ゼフィルに駆けより、ひざをついたゼフィルの体を支えた。

「どうして……。こんなこと……、ゼフィル……！」

「これでいいんだ、レア……。永遠の闇をさまようのは、わたしだ。わたしがシルヴァと

ともに闇に落ちよう。レアよ、おまえは死後の安息を得るがいい」

「ゼフィル……、……あなたは……やっぱりシルヴァが……」

レアの目から熱いしずくが盛り上がり、頰をすべった。やはり自分はシルヴァにはかなわない……、——レアが絶望的な気持ちを抱いたそのとき。

シルヴァが疲れたようなほほえみをにじませ、静かに口を開いた。

「あなたはレアを殺せない……。レアに似たわたしに苦しみを与えることもできない。レアを愛しているから」

レアはシルヴァの言葉の意味がわからず、ゼフィルを支えたまま背後をふり返り、ほほえんだシルヴァを見た。

そこにいるのは、レアだった。

いつも自信なげにまつげを伏せている自分。

「ゼフィル……、あなたはレアがわたしの生まれ変わりだと思っていたけれど、本当はちがう……。あなたは、なにもかも忘れてしまったけれど……。——すべてはレアがここに来たとき忘れるように……わたしが仕向けたことよ。あなたに、わたしがレアの代わりだと思われたくなかったから……」

「なにを言ってるの、シルヴァ……」

「ゼフィル……、あなたはずっと冥府でひとりだった。自分がひとりであることになんの疑問も抱かなかった。でも、幼いレアに会って、あなたははじめて寂しさをおぼえ……、……一人でいることにたえられなくなった。……そうして、レアに似せてわたしを創った……」

ゼフィルがなにかを思い出すように目を細めた。

闇色の目がゆっくりと見開かれる。

ゼフィルが見ているものをなぜかレアも見ることができた。

それはゼフィルのなかにあふれ出た過去の記憶の断片だった。

その記憶は、同時にレアの脳裏にも映し出された。

どうしてゼフィルの記憶がレアのなかにまで投影されたのかわからない。

愛の力だ、とすぐにレアは気づいた。自分が冥府の王を愛し、冥府の王も自分を愛したから。

だから、ふたりは記憶を共有しているのだ。

ゼフィルは、「あのとき」起こったことをはっきりと思い出し、レアもその情景を見た。

シルヴァが来た日のことを。いままでゼフィルが忘れていたことを——。

＊

レアに出会ったあとのことだ。

ゼフィルは現世の夜から冥府に戻り、毎日魂をよりわけ、夜の見回りをする日々を送っていた。

だが、こころのなかではいつもレアのことばかり考えていた。

ゼフィルの手を握った小さな指、ゼフィルの体を抱きしめた腕、光り輝く瞳、やわらかな頬。

これまで寂しさなど感じたことはなかったが、レアのことを思い出すたび、苦しみが募り、やがてたえがたくなってきた。

ある晩、ゼフィルは宮殿の外へ行って塵《ちり》と粘土を集め、暖炉《だんろ》の前でこねあげた。レアの目、レアの唇、レアの頬、亜麻色をした泡立つ髪を思い出し、塵と粘土でレアに似た像を作り出した。

最後に、手首を切って粘土像に自分の血をたらし、魔法の言葉をかける。

すると、粘土は月のように光り輝き、唇は薔薇《ばら》のように赤くなり、きらめく瞳がゼフィルを見てほほえんだ。

レアに似ていたが、ちがう女がそこにいた。

レアはまだ六歳だったが、そこにいる女は成人していた。

女は自分の完璧な裸体を見返して満足し、ゼフィルに視線を移した。

ゼフィルは女の頬をなで、

「レア……」と呼んだ。

「いいえ」

と女が応えた。

「わたしはレアじゃない。わたしは別人よ。わたしはあなたの最愛の妻。レアなんて女じゃない」

「……じゃあ、おまえはだれだ」

女は少し迷ったあと、自分で自分の名前を考え出した。

「わたしは……、……わたしはシルヴァ。シルヴァよ。呼んでみて、わたしの名前を」

「シルヴァ……」

「そう。わたしはシルヴァ。あなたの妻。わかるでしょう？　あなたはわたしを愛し、わたしもあなたを愛している」

ゼフィルは、シルヴァのなかにあるレアの面影を見つめ、シルヴァの頬を両手で包んだ。

「レア……」

ゼフィルが唇を近づけた。

「違うわ。わたしはシルヴァ。あなたの妻、シルヴァよ」

シルヴァが唇をゆがめると、魅惑的な微笑が冥府の王に愛の魔法をかけた。

真実の愛でしか打ち破ることのできない魔法を。

「……ああ、……そうだ。おまえはわたしの妻、シルヴァだ……。シルヴァ……、……愛している」

ゼフィルはシルヴァに優しい接吻を与え、シルヴァは勝ち誇ったような笑みをにじませて、ゼフィルの接吻を受け止めた……。

＊

レアは自分のなかに投影されたゼフィルの記憶に驚き、悲しげな表情をしたシルヴァを見返した。

ゼフィルはシルヴァに目をこらした。そこにいるレアの面影に。

「レアがわたしに似てるんじゃない。わたしがレアに似てるのよ。わたしはあなたに少しでも愛してほしくていろんなことをしたけれど、あなたはいつもわたしを通してレアを見つめていた。レアだけを。あなたがわたしを愛することは一度としてなかったわ……」

シルヴァが切ないほほえみを浮かべ、ため息をついた。

「わたしはあなたが生み出した幻影にすぎない。わたしと暮らした日々はすべてあなたの夢だったの。わたしの役目は終わったわ。あなたにはレアがいる。さようなら、ゼフィル……」

シルヴァはそう言って、亜麻色の小鳥に姿を変え、小さなくちばしでゼフィルの口に接吻をし、月が太陽を浴びて溶けていくように虚空《こくう》の彼方へと消えた。

――レアはしばし呆然としてシルヴァの残した影を見つめていたが、ゼフィルのうめき声を聞いてわれに返り、すぐさま視線をゼフィルに向けた。

赤い血がゼフィルの胸からしたたり落ちる。輝かしい命の断片が。

「ゼフィル……、ゼフィル……。どうすればいいの？　冥府の王は死なないんでしょう？　こんなこと……」

「冥府の王でも、死ぬときは死ぬさ」

「だめよ、お願い、死なないで……、死なないで、ゼフィル……」

「これでいいんだ。レアよ、わたしの命でおまえの命をあがなおう。おまえは現世に戻るんだ」

「いやよ、……いや！　わたしはここにいるの！　あなたとともに永遠に冥府に……！」

レアの目から大粒のしずくがこぼれ落ち、ゼフィルが苦しげなほほえみを浮かべてレアの頬をなで涙を拭いた。

ゼフィルがレアに口づけをした。

同時に、レアのなかにゼフィルの命が流れ込んだ。
情熱のようにきらめく命が――。
気を失う間際、レアの耳にだれかの声が聞こえた。
メメント・モリ、――死を忘れるな。
そうだ、とレアは思った。
領主さまだ。
あの言葉を言ったのは、領主さまだったんだ……！
そこまで考えたとき、レアの意識が遠のき、すべてが闇に飲み込まれた。

＊＊＊

メメント・モリ、――死を忘れるな。
そう領主さまはおっしゃった。
蜂《はち》に驚いた馬に振り落とされて、レアに助け起こされたときだ。
そうだ、あの方が領主さまだ……。
どうしていままで忘れていたんだろう。
男の着ていた豪奢《ごうしゃ》な衣と装飾の施された馬具は、男がこの領地で一番身分の高い相手、

――辺境伯《へんきょうはく》にして、騎士の称号を持つ偉大な領主その人であることを知らしめていた。

頭を打ってはいらっしゃいませんか。痛いところは……。

レアは、顔をしかめる男を見て男の衣についた泥を払い、不安そうな顔で男の目をのぞき込んだ。

メメント・モリ……か、と領主さまは言い、頭に手を当ててため息をつき、レアを見た。

その目が驚愕《きょうがく》に見開かれたあと、懐かしそうな色合いを帯びた。

やっと会えたな……。

領主さまはレアにはよくわからない言葉を言い、レアは眉をひそめて訊き返した。

なにがですか……?

いまのいままで忘れていたよ。……だが、いま思い出した。

なんのことでしょう。

こちらの話だ。そのうちわかる。わたしのことは……、――忘れるがいい。いつかわかるときが来るから、それまで忘れているんだ。

領主さまはそう言って、レアの頰を優しくなで、レアは領主さまのことを忘れた……。

＊

どこからか犬の吠《ほ》え声が聞こえた。
こちらに向かって近づいてくる。
犬の吠え声にだれかの叫びが重なった。
レア。
どこにいるの、レア。レア……！
レアはゆっくりと目を開いた。
あたりは闇に満ちていた。月光が舞いおり、レアを照らし出している。
地面には深い落ち葉が敷きつめられ、どこにも痛みはなかった。
すぐそばに切り立った断崖《だんがい》がある。
あそこから落ちたのだ。
「わたし……、生きてる？　ゼフィル……、ゼフィルは……、……」
レアの目尻から一滴だけ涙がこぼれ、頬をつたった。
二滴目の涙はなかった。
冥府で過ごした時間が遠い日々のできごとのようにレアのなかで薄れていく。
もうここは冥府とは違う世界だった。
レアは首筋におりた鎖をつかんで、衣の襟から流れ星を取り出した。
ちゃんと鎖のさきに流れ星がついている。

レアは安堵《あんど》の吐息をつき、流れ星を握りしめた。

「領主さま……。わたし……、領主さまを助けたわ……。なんで忘れてたんだろう……。

領主さまが忘れろっておっしゃって……」

レア……、レア……。

「……レア！」

険しい崖の上から犬が激しく吠えかけ、レアはゆっくり顔をあげた。

家で飼っている犬がレアに向かって吠えていた。その後ろから、たいまつをもった伯母が心配そうにこちらをのぞき込んでいる。

「伯母さん……」

「レア、ここから落ちたのかい？　大丈夫？　けがはない？」

「……、……大丈夫よ……。わたし……」

「すぐそっちに行くから、まっておいで」

伯母がいったん姿を消し、しばらくして崖のそばにあるゆるい傾斜から駆け下りてきた。

「大丈夫かい、レア」

レアのもとへやって来た犬がレアの顔をぺろぺろとなめ、伯母が犬とレアの間にわって入り、レアの頬を優しくなでた。

伯母の顔は青ざめ、丁寧に結い上げた髪はほつれ、瞳にはわずかな不安と大きな安堵が浮かんでいる。

伯母はレアの衣についた泥を払い落とし、鼻水をすすり上げた。

しわの刻まれた目に涙がにじんでいるのを見て、レアは申し訳ない気持ちでいっぱいになった。

「ごめんなさい……、伯母さん……、わたし……」

「いいんだよ。わたしだって、あの人と結婚するときいやがって泣き叫んだもんさ。あんたのお母さんから伯父さんはいい人だって何度も慰《なぐさ》められて、やっと結婚したんだよ。――さあ、戻ろう。領主さまには少し準備が遅れてるって言ってある。みんな城の前でおまえをまってるよ。おまえの姿が見えないから、とにかく城の前まで行列を作っていってもらったんだ。こういうことはよくあるって伯父さんにも言ってあるから大丈夫。おまえが見つかれば、それで充分だ」

レアはなにか言おうとしたが、伯母の顔を見ると、もうこれ以上いやだと言うことはできなかった。

伯母がレアの手を引きたいまつをかかげ、くぼみや灌木《かんぼく》に足を取られないように慎重に歩いていく。

犬がレアの後ろから忠実についてきた。

レアは、現世に戻る間際、脳裏《のうり》のなかに浮かんだ領主さまの顔を思い出そうとした。

レアを見つめる闇色の瞳。

夜色の髪には太陽の粒がおりていた。

そんなはずはないと思う。

そんなはずは……。

レアは流れ星を持つ手に力を込めた。

そうすれば、すべての疑問が払拭《ふっしょく》されるというように。


歩を進めるに従って、荘重な城が眼前に迫ってきた。

切石を積み重ねて造られた低い外壁の向こうにひときわ大きな主塔の屋根が見え、その前に矩形の守備塔が建ち、守備塔の両脇に隅塔がそびえている。

石壁や塔のさまざまなところに半円形の窓が開いていて、外壁の上部には華麗な装飾が施されていた。

それぞれの塔は石の壁で結ばれ、城に通じる跳ね橋の前に、伯父、五人のいとこ、花嫁の付添人、籠《かご》に花をつめた結婚前の娘たち、旗章《きしょう》をたずさえた領主さまの従者、その他あらゆる人々が立ち、レアの到着を待っている。

「こんな時間までなにをしてたんだ！　レア、おまえがなかなか来ないから、さきに行列を作って、ここで待ってたんだぞっ。一体なにを考えているっ」

伯父が伯母とレアに気づいて、大股に歩いてきた。

伯母はレアを背中にかばい、自分の夫にたいまつを持たせた。

「あんたはこれをもって。もういいでしょう、ちゃんと戻ってきたんだから。ほら、さっさと行くよ。領主さまが待っていらっしゃる」

伯父は憤慨していたが、領主さまと言われて仕方なく行列の前に立ち、従者たちにつづいて城のなかに入っていった。

跳ね橋を渡り立派な楼門《ろうもん》を通りすぎると、広い外庭がある。外庭には厩舎《きゅうしゃ》や納屋、犬小屋が建ち、香辛料や薬味用の野菜を植えた菜園が作られていた。

外庭の中央では、城に招かれた人々が卓に並ぶごちそうやぶどう酒を前にして、主塔の窓から領主さまが声をかけるのを待っていた。

人々は行列を見て歓声をあげ、伯父夫婦にさまざまな祝いの言葉を投げかけた。

レアは深呼吸をくり返し、高ぶる気持ちを落ち着けようとした。

レアのなかにあるのは、一月前に出会った領主さまのことだけだった。

息苦しさと緊張でどうにかなりそうだ。

こんなことがあるはずはない……と思う。

けれど——。

広い外庭をよぎって内門を通りすぎると中庭が広がり、またごちそうの並ぶ卓が用意されていて、そこにも人々が集まっていた。

ずいぶん待ったにちがいないが、花嫁の行列がやってくると歓喜のため息をもらし、口々に「なんて美しい花嫁だっ」「領主さまにふさわしい」「レアさま……、レアさま……！」と叫んだ。

何人もの侍従たちが、一目花嫁を見ようとする人々を押しのけて行列を通し、レアたちは側塔の内部にもうけられた階段をのぼって二階にあがり、石灰岩で造られた主塔に入った。

一行は燭台《しょくだい》のともされた薄暗い回廊《かいろう》をまっすぐに渡り、閉ざされた扉の前にたどり着いた。

扉の両脇に立った衛兵が扉を開くと、角笛、ラッパ、太鼓が鳴り響き、花嫁の到着を告げた。

大広間の天井からは燭台が垂れ下がり、壁には鷲《わし》の紋章を描いた織物がかかっていて、その下には磨き抜かれた何本もの槍《やり》が人々を威嚇《いかく》するように飾られている。

床に敷きつめられたタイルにはトーガをまとったローマ人の画が描かれ、そこここに置かれた卓の上には、丸焼きにした豚、林檎《りんご》を口にくわえた猪の頭、山でいぶした鹿肉の薫《くん》製《せい》、マスタードをそえた鴫《しぎ》のもも肉、駝鳥《だちょう》の水煮、鶴の胸肉の揚げ物、鵞鳥《がちょう》の肝をつめて焼いた牛肉、鰊《にしん》のパイ、魚醤《ぎょしょう》をかけた鮪《まぐろ》の窯焼き、鰯《いわし》の香草蒸し、産卵前の大鰻《おおうなぎ》、衣をつけて揚げた鯨《くじら》肉、蜂蜜《はちみつ》で煮たスモモ、大振りのイチジク、ザクロ、その他あらゆる種類のパンと大量のぶどう酒樽《しゅだる》が並んでいた。

行列の先頭に立っていた従者が扉の脇にしりぞき、伯父が背筋を伸ばして、大広間の中央を歩いていき、その後ろに息子たち、伯母に手を取られたレアがつづいた。

大広間の一番奥に高座があり、天蓋《てんがい》のついたいすのなかに領主さまが座っている。

レアの耳からすべての音が消え去った。

レアは熱いため息をつき、流れ星を強くつかんだ。

伯父がなにか言い、領主さまの脇に退いた。

レアの鼓動《こどう》が跳びはねた。

領主さまは華麗な衣に身を包んでいた。

細かな宝玉のちりばめられた淡紫色のブリオー、ブリオーの下からのぞく藍《あい》色のシェーンズ。先の尖った革の長靴《ながぐつ》にも真珠や水晶が縫いつけられている。

ブリオーの襟や広い袖口、波打つ裾には瑠璃《るり》色の縁取りが施されていて、襟元には金糸で蓮《はす》の花が描かれ、きらびやかに光っていた。

ブリオーの上に着込んだマントルはダマスク織りで、灯火を受けて朱色の輝きを帯びている。

だが、レアは、豪華な衣装には目もくれず、いすに座った男を、――男の顔だけを見つめていた。

レアの目に新たな涙がこぼれ落ち、頬をつたった。

「レア、レア、ひざまずけ。ひざまずくんだ、早く！」

伯父がきつい口調で言ったが、なにも聞いてはいなかった。

レアのなかに喜びがこみ上げ、すべての感情がはじけ、レアは領主さまの胸に飛び込み、首にしがみついていた。

「ゼフィル……、ゼフィル……、ゼフィル！　どういうことなの……？　どういうこと！」

領主さまは……、――ゼフィルはレアの体をしっかりと抱きしめた。

「レア、なにをする！　……領主さま、申し訳ございません……！」

伯父がレアを引きはがそうとしたが、ゼフィルが手をあげると、その場でしりぞき口をつぐんだ。

「どういうことなの、ゼフィル。あなたは冥府で死んだはずだわ……。あなたは死んで、わたしに命を与えてくれた。なのに、なぜここにいるの……？」

ゼフィルが親指でレアの涙を拭《ふ》き、ほほえみを浮かべ口を開いた。

「冥府の王は死に、人間として生まれ変わったんだ。おまえの愛がわたしを人にしたんだよ、レア。これが愛のもつ力だ」

「だって……、わたし、ついさっきまであなたと一緒に冥府にいたのよ……。それなのに、どうして領主さまとして生まれ変わってるの？　なにがなんだかわからないわ」

「冥府での時間の流れと現世での時間の流れは違うんだ。わたしはゼフィルだよ、レア。それとも、別人だと思うか？　ゼフィルに似ただれかだと」

レアはゼフィルの頬をなで、闇色の瞳をのぞき込み、夜色の髪に指を絡めた。

「いいえ……、あなたはゼフィルだわ……。わたしのゼフィルよ……！　でも……、だったら、どうしてもっと早くわたしを呼んでくれなかったの。わたしが生まれたときに……」

「おまえのことを忘れていたんだ。生まれ変わる前の記憶はすべて忘れてしまうものだからな。だが、おまえに会って、……馬から落ちておまえに助けられたとき、すべてを思い出した。——代わりに、おまえにはわたしに会うまで、わたしのことを忘れさせたよ」

「忘れさせたって、……どうやって？」

「わたしはもとは冥府の王だ。そのくらいの力は残っているさ」

「どうしてそんなことをしたの？」

「求婚した領主と冥府の王が同じ男だとわかれば、おまえがなにをしでかすかわからなかったからな。冥府にいたわたしのもとから逃げ出して、戻ってこないまま安息のなかに引き込まれるか、それともユーラクロンのもとへ行くか……」

「ひどい……、ひどいわ！」

「なにがひどい？」

「だって、わたし……、あなたとの結婚がいやで逃げ出したのよっ。あなたが教えてくれたら……、……」

「おまえは死んで冥府に行き、わたしと出会い恋に落ちる……、──そう言えば、どうなった？　おまえは結婚式から逃げ出さず、死ぬこともなく、冥府でわたしにも出会わず、──素直にここへ来て、わたしを愛したか？」

「わからない……、わからないわよ。頭がこんがらがって……、なにがなんだか……」

レアは涙を流したまま、ゼフィルの目をにらみつけた。

レアの背後で伯父や伯母たちが、ふたりの会話の意味がわからず目を丸めていたが、気にしなかった。

「レア……、ほら、もう泣きやむんだ。まったくおまえは泣いてばかりだ」

「あなたのせいよ。なにもかもあなたのせいだから……」

「……、……怒っているのか、わたしのことを……？」

レアは鼻水をすすり、指先で涙をぬぐった。

「怒ってない……。──愛してる……。あなたを愛してるわ！」

ゼフィルがレアの腰を抱きよせ、レアの耳元に接吻した。

「わたしもだ、レア。おまえを愛している。だれよりも……。自分を愛する以上に深く、強く。この命が尽きて、また新しく生まれ変わっても、わたしとともにいてくれるか?」

レアは涙を流したまま、ゆっくりとうなずいた。

終章

レアは大広間の窓辺に立ち、はるか彼方に見える領地の景色をながめた。

ずっと遠くでは牛や羊が放牧され、深い木々が立ち並び、太陽を浴びた小麦や大麦の穂が揺れ、領民が忙しくたち働いている。

息を吸いこむと、春の香りが舞い込み、レアは大きく胸をふくらませた。

胸におりた流れ星をつかんで、手のひらで握りしめる。温かな気持ちが押しよせ、レアは輝くような笑みを浮かべた。

あれからほぼ一年。

レアは、侍従長の心配をよそに侍女たちを束ねてさまざまに命令し、司教や客人が訪ねてきたときは快くもてなし、城をうまく管理した。

レアが来てから城の掃除が行きとどき、いたるところに花が飾られ、床にはいつも香り高いハーブが敷かれ、中庭や外庭には色とりどりの花が植えられた。

侍従長ばかりでなく、従者や厨房《ちゅうぼう》係、鷹匠《たかじょう》までがレアの手腕を褒めたたえた。

領民のだれもがレアを見るたび、あんなに美しい奥方はいない、領主さまは見る目があると言って自分たちの女主人を自慢した。

レアはこの一年で、解き放たれたような自信にあふれ、ゼフィルに会う以前とは比べものにならないほど美しくなっていた。


春の風が窓に吹き込み、レアはその冷たさに身震いした。

背後からだれかが近づき、レアの肩に温かいマントルをかけレアの体を抱きしめた。

「ゼフィル……」

ゼフィルはレアの髪をかき上げ、しなやかな首筋に接吻した。

「まだ外は寒いだろう」

「大丈夫よ」

言って、レアはまた領地に注意を戻し、ゼフィルはその瞳がとらえているものに目をこらした。

「なにを考えている?」

「わたしが考えていることを言ったら、あなた、きっとすごく怒るわ」

「一体なんなんだ？」

「あの人……、天空の王のことを考えていたの。名前……、忘れちゃった」

「ユーラクロン、……か」

「そう、その人。いまごろなにしてるかなって」

「冥府《めいふ》の王の座についているだろう。あいつの野望は、天空と冥府を同時に束ねることだったからな」

「あなたがいなくなって、きっと退屈してるわ」

「……。……おまえが考えるのは、あいつのことだけか」

レアはあいかわらず嫉妬《しっと》深い夫を見て、小さな笑い声をもらした。

「ほんの少し思い出しただけ。わたしが考えているのは、べつの人のことよ。すごく大切な人。――でも、あなたのことじゃないわよ」

ゼフィルが眉を震わせ、ほほえみを浮かべたレアの横顔を見た。

「……だれのことだ」

レアはゼフィルの手をつかんで、自分の腹に当てさせた。

ゼフィルはまだ平坦な腹をなで、月の輝きを秘めた瞳に喜びと驚きの両方を浮かべた。

「……、……まちがいないのか……？」

「ええ。生まれるのは、夏頃よ」

ゼフィルは大きく息を吸いこみ、レアの前にひざまずいてレアの体を自分に向け、衣の上から腹に接吻した。

ゼフィルはレアの胸を彩る流れ星を見て指先で軽くふれ、レアの腹にもう一度唇を押し当てた。

レアは自分の腹に耳をすませるゼフィルの頭を優しくなでた。

「立ち上がって、ゼフィル。こんなところ、侍従長に見られたらなんて言われるかわからないわ」

「なんとでも言わせておけばいいさ。わたしがおまえを愛していることは、領地のだれもが知っていることだからな」

「あなたが愛しているのは、わたしだけ？」

「おまえと、わたしたちの赤ん坊だ」

レアはまだ腹に耳を寄せたゼフィルのあごを持ち上げ、身をかがめて接吻《せっぷん》し、ゼフィルの頭を抱きしめた。

「あなたと一緒にいられて、すごく幸せ」

「ああ、わたしもだ、レア」

レアはゼフィルの頭に頬を寄せ、たがいのぬくもりを感じ合った。

──了──

あとがき

こんにちは。麻木未穂《あさぎみほ》です。

本作を手に取っていただき、本当にありがとうございます。

舞台は中世ヨーロッパ。
十二、三世紀あたりのいわゆる神聖ローマ帝国でのお話になります。
とはいっても、さほど中世ヨーロッパの風俗が出てくるわけではなく、冥府《めいふ》でのお話がメインになります。

十字軍の遠征がおこなわれていた時代になぜ異教的な冥府なのかということですが、キリスト教も既存の異教文化を吸収しながら大きくなったということで。

作中に出てくる服装その他の説明を少しさせていただきたいと思います。

ブリオーというのはチュニックが長くなったもので、袖口が大きく広がったデザインになっています。背中を細い紐でかなりきつく締めて着ているとのこと。

シェーンズは丈長の下着です。また、コルサージュはブリオーの上に着たウエスト丈の胴衣になります。そして、その上にマントルを羽織りました。

男子の場合は、ブリオーの下にズボン形式の脚衣《ブレー》をはき、その上に靴下《くつした》であるショースを身につけていました。

また、女子の婚期は十二歳で、十四歳にはたいてい結婚していました。

十六歳のレアはかなりいき遅れになりますが、きっと事情があったんでしょう……。

もともと麻木はふぁんたじぃ書き（のつもり）なのですが、これまであえてファンタジーの王道をはずしてきました。

しかし、ティアラ文庫さまではそういう足枷《あしかせ》をはずし、ファンタジーアイテムをふんだんに取り入れています。

今作でも、べたべたなファンタジーアイテムを出してみました。いまどきこんなの……と驚かれるかもしれませんが、せっかくのファンタジーですから。


今回も担当編集者さまには大変お世話になりました。飴《あめ》と鞭《むち》を使い分け、お釈迦《しゃか》さまのように慈悲《じひ》深くご助言いただきました。本当にありがとうございます。

蘭蒼史《あららぎそうし》さまには愛らしくも美しいイラストを描いていただき、感涙しています。イラストを描かれる際に大変お勉強をしてくださって、そのストイックな姿勢を麻木も見ならわねば……としみじみ思いました。

さらに、この本を出すにあたってお世話になったもろもろのみなさま、本当にありがとうございました。またお会いできる日を楽しみにしています。

夜《よる》の神話《しんわ》

ティアラ文庫をお買いあげいただき、ありがとうございます。
この作品を読んでのご意見·ご感想をお待ちしております。

✦ ファンレターの宛先 ✦
〒102-0072　東京都千代田区飯田橋3-3-1
プランタン出版　ティアラ文庫編集部気付
麻木未穂先生係／蘭蒼史先生係

ティアラ文庫WEBサイト
http://www.tiarabunko.jp/

著者——麻木未穂（あさぎ　みほ）
挿絵——蘭蒼史（あららぎ　そうし）
発行——プランタン出版
発売——フランス書院
〒102-0072　東京都千代田区飯田橋3-3-1
電話（営業）03-5226-5744
（編集）03-5226-5742
印刷——誠宏印刷
製本——若林製本工場

ISBN978-4-8296-6569-5 C0193

ティアラ文庫

Tia6539

♥ 好評発売中！ ♥

5-0

原稿大募集

ティアラ文庫では、乙女のためのエンターテイメント小説を募集しております。
優秀な作品は当社より文庫として刊行いたします。
また、将来性のある方には編集者が担当につき、デビューまでご指導します。

募集作品

H描写のある乙女向けのオリジナル小説（二次創作は不可）。
商業誌未発表であれば同人誌・インターネット等で発表済みの作品でも結構です。

応募資格

年齢・性別は問いません。アマチュアの方はもちろん、
他誌掲載経験者やシナリオ経験者などプロも歓迎。
（応募の秘密は厳守いたします）

応募規定

☆枚数は400字詰め原稿用紙換算200枚～400枚
☆タイトル・氏名（ペンネーム）・郵便番号・住所・年齢・職業・電話番号・
メールアドレスを明記した別紙を添付してください。
また他の商業メディアで小説・シナリオ等の経験がある方は、
手がけた作品を明記してください。
☆400～800字程度のあらすじを書いた別紙を添付してください。
☆必ず印刷したものをお送りください。
CD-Rなどデータのみの投稿はお断りいたします。

注意事項

☆原稿は返却いたしません。あらかじめご了承ください。
☆応募方法は郵送に限ります。
☆採用された方のみ担当者よりご連絡いたします。

原稿送り先

〒102-0072　東京都千代田区飯田橋3-3-1
プランタン出版「ティアラ文庫・作品募集」係

お問い合わせ先

03-5226-5742　　プランタン出版編集部